nn-magazin.net

#0 – das berühren des randes unserer welt

IMPRESSUM

nn – literaturmagazin
Gegründet 2014 von Sebastian H. Kahl und Sascha Kerper

Redaktion: Sebastian H. Kahl

Layout/Cover: Manuela Heidenreich

Coverfotografie: Annewil Stroo

© 2015 nn – *literaturmagazin*
Die Rechte an den Beiträgen liegen ohne Ausnahme bei den jeweiligen AutorInnen und KünstlerInnen.

ISBN: 978-3-7386-0830-4

Herstellung und Verlag: BoD – Books on Demand, Norderstedt

Bibliografische Information der Deutschen Nationalbibliothek:
Die Deutsche Nationalbibliothek verzeichnet diese Publikation in der Deutschen Nationalbibliografie; detaillierte bibliografische Daten sind im Internet über http://dnb.dnb.de abrufbar.

INHALT #0

07	Markus Schauta	Hotel Ismailia Die Blase
19	Marina Büttner	Latent schwelende Poesie
20	Cordula Simon	Wir sind aus Eis
46	Marina Büttner	*Graphiken*
48	Patricia Malcher	Lauf, Jette, Lauf
53	Regine Koth Afzelius	Tiere
54	Nora B. Hagen	Berlin. Eine Reise. *Zwölf Haikus*
58	Annewil Stroo	*Photos*
61	Marie Gamillscheg	Neuanfang
83	Marlene Schulz/ Suzan Singer-Schulz	*Photos*
85	Alka Stachler	*Drei Gedichte*
88	Ulrich Suberg	*Graphiken*
91	Manfred Pricha	fließtext
92	Carolin Fabisch	Verändert das Lesen die Sicht auf die Welt?
102	Katherina Wagner	Schlafreisen
103		*Beitragende*

MARKUS SCHAUTA

Hotel Ismailia
(Kairo, September 2011)

Hinter Mahmuds Zeitungsstand führt ein Durchgang in einen verdreckten Hof. Im Schatten der Hauswand sitzt ein Polizist auf einem Klappstuhl und trinkt Tee, unter der weißen Uniform wölbt sich sein Bauch. „Hotel Ismailia?", will er nicht verstehen. Auf „Funduq Ismailia?" reagiert er. Er zeigt auf den rechten Hauseingang, wo ein Nubier hockt. Der erhebt sich mit Hilfe seines Stocks von der Marmorstufe und deutet, ihm zu folgen. Hinein in ein kühles, ewig dämmriges Stiegenhaus, hinein in den Käfiglift. Er drückt die Acht.

***

„Alle Presseleute wollen das Zimmer mit Aussicht", sagt der ägyptische Rezeptionist mit grauem 3-Tages-Bart. Er zieht die schweren Vorhänge zur Seite und öffnet die Balkontür. Heiße Luft und Verkehrslärm fluten das Hotelzimmer. Acht Stockwerke tiefer. Midan Tahrir. Das Symbol der ägyptischen Revolution gehört wieder den Autos. Hupend, knatternd, qualmend schieben sie sich über den vierspurigen Kreisverkehr. Heißes Blech statt Menschen. Soldaten bewachen das Rund in der Mitte des Platzes, wo noch vor einem Monat die Zelte der Demonstranten im Sand standen - der Ausblick überzeugt. Was auch immer geschieht, von hier aus bin ich live dabei.

***

Die Lobby ist das Herz des Ismailia. Von hier erschließen drei Korridore alle Ecken des Hotels, das sich über das gesamte Stockwerk erstreckt. Der eine führt zu den teuren Balkonzimmern, der andere zu den Zimmern ohne Aussicht. Ein dritter vorbei an der Teeküche und einem fensterlosen Durchgangszimmer – dem Breakfast Room, zum Lift.

Die Lobby ist hoch und hell mit einem Schlüsselbrett hinter dem Empfangstresen, auf dem nur wenige Haken frei sind und Polstersesseln vor einem TV-Gerät. Vom Parkettboden steigt der Geruch von Putzmittel auf.
Vor dem Fernseher der Rezeptionist und ein grauhaariger Mann im schwarzem Netz-Shirt. Auf seinen Brillengläsern flimmern Bilder vom Krieg in Syrien.

Der Rezeptionist übersetzt Al-Jazeera ins Englische.

Tief sitzt es sich in den Polstersesseln, ein Aschenbecher am Tisch lädt zum Rauchen ein „Ich denke, wir können uns auf Deutsch unterhalten", der Mann im Netz-Shirt stellt seine blaue Kaffeetasse neben der österreichischen Tageszeitung ab.
„Zigarette?"
„Hab ich nie gebraucht", sagt er.
Geschätzte Anfang 60, dem Dialekt nach ein Schweizer. Er setzt sich und erzählt seine Geschichte.
Ende vergangenen Jahres sei er wegen eines Geschäfts nach Kairo gekommen. Zunächst lief alles ganz gut, doch dann kam die Revolution. „Seitdem geht's nur mehr schleppend voran", sagt er.
Bei dem Geschäft handelt es sich um ein Erbe. Ein großes Stück Land bei Alexandria; mehrere Millionen US-Dollar sei es wert. Doch die notwendigen Papiere müssten erst beschafft werden. „Wissen Sie, wer hier Geschäfte macht, der muss bestechen, sonst werden die Dinge endlos verschleppt."
Es sei Geld geflossen, viel Geld, seine Ersparnisse fast aufgebraucht. „In diesem Land gibt es viele klebrige Händchen", sagt er.
Doch man versicherte ihm und seiner Geschäftspartnerin, wie er die blasse Frau mit Pferdeschwanz nennt, die nur selten ihr Zimmer verlässt, dass bald alles zu seinem Gunsten geregelt sein werde.
Sein Handy läutet. „Entschuldigen Sie, ich muss telefonieren."

Am Gemeinschaftsbalkon ein Japaner auf einem Plastikstuhl. Er blättert in einem Reiseführer. Unten in der Gasse die Motorräder vom McDonalds Lieferservice. Auf den Dächern wachsen Satellitenschüsseln wie Pilze. „Cairo, listening to the world", sage ich. Der Japaner lächelt höflich.

***

Die Brille auf der Nasenspitze, haut der Schweizer am Gäste-PC vor dem Empfangstresen mit zwei Fingern in die Tasten. Seine Geschäftspartnerin starrt auf den Bildschirm, wo sich aus riesigen Buchstaben Worte bilden. So groß, dass nur wenige Zeilen gleichzeitig dargestellt werden können.

Im Fernsehen zeigt Al-Jazeera Bilder vom zerstörten Libyen. Der Rezeptionist schlürft seinen Tee. Ich frage ihn, wie es so war, als im Jänner unterhalb seines Hotels die Revolution losbrach.

„Kamerateams haben sich bei mir einquartiert", sagt er. „Von meinen Balkonen aus waren sie näher dran am Geschehen, als im Semiramis auf der anderen Seite des Platzes." Dann aber seien Leute von Amn ed Dawla, der Staatssicherheit gekommen und hätten die Zimmer besetzt. Freilich ohne dafür zu bezahlen. Er zündet sich eine Kleopatra an: „Irgendwann waren sie alle weg, die Polizei und die Staatssicherheit und Mubarak."

Der Schweizer steht zwischen uns und dem Krieg in Libyen. „Die Arbeitsmoral in diesem Land ist katastrophal", sagt er, die blaue Tasse in der einen, sein Handy in der anderen Hand. Seit einem Monat schon habe Western Union nur mehr vier Stunden am Tag geöffnet. Drei Tage die Woche überhaupt geschlossen, Geldüberweisungen dauern ewig.

"Im Ramadan lagen sie einen Monat am Ranzen und jetzt braucht es Tage, bis alles wieder anläuft." Das Handy des Schweizers läutet. Er reicht es an seine Geschäftspartnerin weiter. Sie verhandelt auf Arabisch, übersetzt alles auf Deutsch. Wichtige Papiere werden für heute Abend in Aussicht gestellt.

Draußen ruft der Muezzin zum Gebet. Der Rezeptionist steht auf und geht.

***

Das Balkongeländer vor meinem Zimmer ist immer noch zu heiß, um mich darauf abzustützen. Bei einer Zigarette sehe ich zu, wie sich die Autos über den Tahrir, vorbei an sandfarbenen Panzerwagen Richtung Nilbrücke stauen. Rush Hour. Unten am Platz stützen sich Soldaten auf ihre Schilde. In der Mitte des Kreises aus schwarzen Uniformen sitzt ein grauhaariger Offizier unter einem Pavillon und blättert in einer Zeitung. Um ihn herum hocken seine Untergebenen auf ihren Helmen und kratzen mit langen Stöcken im Staub herum. Eine neue Zigarette. Zwischen dem Semiramis und dem Hilton ist ein Streifen vom Nil zu sehen. Auf der bilharziösen Brühe spiegelt sich das Rot der Abendsonne.

***

Ich drücke die Null. Nichts rührt sich. Im Treppenhaus der Schweizer im Anzug und seine Geschäftspartnerin. Die Frau umklammert ihre Handtasche, als erwarte sie hinter der nächsten Ecke einen Überfall.
„Der Lift ist schon wieder stecken geblieben", der Schweizer stützt sich auf seinen Gehstock. Aber das sei kein Wunder. Die niedrigen Mieten würden von Generation zu Generation weitervererbt.
Er deutet mit dem Stock nach oben: „Die Familie im neunten Stock bezahlt für eine Hundert-Quadratmeter-Wohnung gerade mal 20 ägyptische Pfund!", er schüttelt den Kopf. „Die Häuser in Kairo verfallen, weil das Geld fehlt, um notwendigen Reparaturen durchzuführen."
„Aber für uns ist das alles bald Vergangenheit", sagt er. In einer Stunde werde er die letzten Papiere erhalten. Er nickt, wie um sich selbst zu bestätigen.

Durch zerschlagene Fensterscheiben dringt das Gurren von Tauben. Im Lichtschacht liegt der Dreck eines Jahrhunderts. Der Schweizer tappt weiter, Schritt für Schritt, Stufe um Stufe.

Bei Mahmud kauf ich mir eine Zeitung und bekomme ein Glas Tee. Für morgen wird zu einer Großdemo am Tahrir gerufen, die erste nach dem Ende des Ramadan. Der Schweiß rinnt über den Rücken. Auf Gesicht und Unterarmen vermischt er sich mit den Abgasen zu einem klebrigen Film.

***

Wenn es dunkel ist, kommen die Silberfischchen und fressen, was nur unter Schwarzlicht sichtbar ist. Über dem französischen Bett flappt der Ventilator, von draußen tönt der Ruf des Muezzins - es muss gegen halb fünf in der Früh sein.
Manchmal rast ein Auto in den Kreisverkehr, legt sich in die Kurve, hupt und verschwindet im nächtlichen Kairo.

Die Polstersessel im Aufenthaltsraum sind verlassen. Am Bildschirm stumme Bilder von Al-Jazeera. Der Schweizer schlurft in die Teeküche und holt sich eine Flasche Limonade. Am Rückweg in sein Zimmer ohne Aussicht stützt er sich an der Wand ab. Durch die Balkontür dringt die Nacht: Männerstimmen, ein Motorrad knattert, ein Baby weint.

***

Am nächsten Tag sind die schwarzen Uniformen und die Panzerwagen vom Tahrir verschwunden. Fahnen- und Wasserverkäufer bauen ihre Stände auf.

Der Platz bereitet sich auf neue Proteste vor.

Beim Frühstück treffe ich den Schweizer und seine Geschäftspartnerin. Wie sich gestern Abend herausstellte, ist entgegen der Zusage des Mittelsmannes gar nichts geregelt. Die Abwicklung des Erbes verzögert sich auf unbestimmte Zeit.

Mit müden Augen sucht er Adressen in einem Notizblock nach neuen Wegen aus der verfahrenen Situation ab. Sie starrt geistesabwesend auf die blaue Kaffeetasse. „Wir müssen die Ausgaben reduzieren", sagt er, blättert hin und her. „Beim Essen sparen." Mir wird klar, er hat in Kairo alles auf eine Karte gesetzt und ist dabei alles zu verlieren. Ob es nicht an der Zeit sei aufzugeben? „Wissen Sie", sagt er, „wenn ich einmal eine Sache begonnen habe, bringe ich sie auch zu Ende."

***

Nach dem Freitagsgebet strömen die Menschen auf den Tahrir. Die Revolution gewinnt wieder an Fahrt, Zehntausende protestieren gegen die Militärregierung. Im Hotel nisten sich Kamerateams ein. Der Rezeptionist ist ein Sportsmann - ich hätte das Vorrecht auf das Zimmer mit Aussicht, sagt er. Doch die Preise haben sich verzehnfacht. Zu teuer für mich, ich ziehe in eines der billigen Zimmer an der Rückseite des Hotels um. Jetzt steht der Nachrichtensprecher von Al-Jazeera auf meinem Balkon.

Die Hotelgäste haben sich vor dem Fernseher in der Lobby versammelt. Al-Jazeera berichtet live vom Balkon des Ismailia über die Proteste am Tahrir. „The world, listening to Cairo", sagt der Japaner und lächelt höflich.

MARKUS SCHAUTA

Die Blase
(Tel Aviv, Juni 2012)

Zuerst denkst du an ein fernes Donnergrollen, ein Unwetter, das sich am Horizont zusammenbraut. Aber Wolkenbrüche gibt es nicht um diese Jahreszeit. Dein Gehirn ist eingelullt vom Meeresrauschen und dem Wind, der über die Haut streicht. Doch nach zwei oder drei weiteren dumpfen Schlägen hast du eine Ahnung. Und plötzlich ist dir klar: Du hörst das Krachen von Explosionen.

Vor 24 Stunden entschied ich, den letzten Tag

am Strand zu verbringen, bevor mein Flug zurück nach Wien geht. Heute Früh kaufte ich mir eine Fahrkarte von Jerusalem nach Tel Aviv. Eine Stunde später war ich da und sagte dem Taxifahrer, er soll mich ans Meer fahren. „Klar", sagte er auf Deutsch, „alle kommen sie wegen dem Meer." Er trat aufs Gas, der Fahrtwind verteilte die Asche seiner Zigarette im Auto. „Wegen dem Meer und der Party."
Und von Partys wusste er eine ganze Menge: Rhodos, Nissi Beach, Antalya, Beirut – er kannte sie alle. „Vergiss sie!", sagte er. „Die beste Party in dieser Ecke des Mittelmeeres gibt's in Tel Aviv."

Ich stieg in der Allenby aus. Die Straße führt runter bis zum Meer. Als Tel Aviv vor hundert Jahren erbaut wurde, gab's hier nur ein paar sandige Hügel. Heute retten dich am Weg zum Strand jede Menge Bars vor dem Verdursten. Je näher am Strand, desto teurer die Hotels, warnte mich der Taxifahrer. Aber die Absteige, die er mir empfohlen hatte, war bis aufs letzte Bett belegt.

Tel Aviv ist geil

Im Schatten von Bäumen und Marquisen ging ich weiter Richtung Meer, als ein Radfahrer vorbei zischte und hunderte bunter Kärtchen durch die Luft flogen. An der nächsten Kreuzung griff er wieder in den Korb an der Lenkstange und schleuderte eine Handvoll auf den Gehsteig. Ich hob eine auf: Olga mit Megatitten in Strapsen, darunter ihre Telefonnummer.
Ich sah auch Masha, Tanya und Katya, alle nackt bis auf ihren Slip. Tausende dieser Mädls flatterten jetzt über die Allenby, gerieten unter die Reifen der Autos, oder wurden von einsamen Passanten eingesammelt.

Zwei Blocks vom Strand entfernt bekam ich ein Zimmer für 65 Euro die Nacht. Klo und Bad am Gang.

Am Balkon nebenan versuchte ein Kerl in Boxershorts sich eine Zigarette anzuzünden. Ich gab ihm Feuer. Er hieß Adam, kam aus London und war seit einer Woche hier.

„Die Party hört nie auf", sagte er, „sie wechselt nur den Rhythmus und die Drogen." Über den Dächern lag das Meer als blaues Band, gerahmt von glitzernden Hoteltürmen. Alles war viel zu hell, wie ein überbelichtetes Foto.

Vom Sonnendeck rieselten chillige Beats auf uns herab, Bierflaschen klirrten. Am Dach gegenüber warf ein Sonnensegel seinen Schatten auf Partypeople in Bermudas und Bikinis, die den Schlauch einer Shisha kreisen ließen.

Adam holte zwei Flaschen Heineken aus seinem Zimmer. Er war alleine hier. Seine Freundin hatte ihn verlassen. Jetzt wolle er sie in Tel Aviv vergessen.

„Klappt's?"

„Immer besser", sagte er.

Zwei Stockwerke tiefer trat der Radfahrer von vorhin in die Pedale und hinterließ ein Überangebot an russischen Nutten.

„Happy Hour?", fragte Adam. Ich gab ihm die Karte vom Escortservice. Ein kurzer Blick auf Olga, dann steckte er sie in den Bund seiner Shorts. Ich ging an den Strand, er blieb am Zimmer.

Hier bin ich jetzt auf einer von hunderten Plastikliegen, beschattet von einem Sonnenschirm. Hinter mir die gläserne Skyline, vor mir ein blass-blaues Meer und in unbestimmbarer Ferne dumpfe Explosionen. Von Raketen, wie ich vermute. Aber wo genau gehen sie runter?

Tel Aviv ist sicher

Der letzte, der Raketen auf Tel Aviv schoss, war Saddam Hussein im Irakkrieg. Seitdem blieb es ruhig. Die Katjuschas der Libanesischen Hisbollah schlugen zwar im nördlich gelegenen Haifa ein, erreichten aber niemals Tel Aviv.
Eine weiteres Donnergrollen. Die Dinger detonieren irgendwo im Süden der Stadt, da bin ich mir jetzt sicher. Vom Gazastreifen aus werden jährlich mehrere tausend Raketen nach Israel geschossen. Darunter die von der Hamas an geheimen Orten gebastelte Qassam-Raketen. Ein Metallrohr als Hülle, ein Gemisch aus Zucker und Düngemittel als Treibstoff. Das TNT für den Sprengkopf kommt aus dem Sudan nach Ägypten, von wo sie es durch Tunnel über die Grenze schmuggeln. Drei Kilometer schaffen diese Raketen, die größeren bis zu zehn.
Ashkelon liegt gerade noch in ihrer Reichweite, Tel Aviv bleibt für sie unerreichbar. So viel weiß ich und alle um mich herum wissen es auch. Das Pok-Pok vom Strandtennis bricht nicht ab, Bikinigirls schwitzen auf ihren Badetüchern, Kinder lassen sich kreischend von der Brandung ans Ufer spülen.

In der Strandbar komme ich mit Rahel ins Gespräch. Bis vor zwei Jahren lebte sie in Jerusalem, dann hatte sie genug von der Stadt.
„Warum Tel Aviv?", frage ich.
„Jerusalem ist eine jüdische, muslimische oder christliche Stadt. Je nachdem, in welchem Viertel du wohnst", sagt sie. „Tel Aviv ist eine israelische Stadt."
Religion, Raketen, besetzte Gebiete, das alles sei weit weg. „Tel Aviv ist eine Blase. Eine schillernde Blase", sagt sie und blickt hinaus aufs Meer, wo ein Apache vorbei zieht. Die Strandgeräusche verschlucken das Flappen der Rotorblätter. Aber er ist nahe genug, um die Raketen zu sehen, die er nach Süden trägt.

Tel Aviv feiert

Als Rahel Dienstschluss hat, gehe ich zurück ins Hostel. In meinem Zimmer ist es heiß, ich habe vergessen den Vorhang zuzuziehen. Ein Drücker auf die Fernbedienung, ein Piepsen, die Luken der Klimaanlage öffnen sich und blasen eiskalte Luft ins Zimmer.
Im Internet klicke ich mich durch die News des Tages: Raketen auf Israel. Iron Dome zerstört Geschosse bevor sie Ashkelon erreichen. Jüdische Siedler fackeln Olivenbäume in der Westbank ab.

Eine Zigarette am Balkon. Nebenan steht Adam, gestylt mit Ray-Ban-Sonnenbrillen. Tel Aviv bereitet sich auf eine weitere Partynacht vor. Und während in Ashkelon die Trümmer der Raketen abkühlen und in der Westbank ein palästinensischer Bauer verzweifelt, zieht Adam sich eine Line Koks rein – Welcome to Tel Aviv!

MARINA BÜTTNER

Cordula Simon

Wir sind aus Eis

I
Уходи, но оставь мне свой номер.
Я, может быть, позвоню.
А, вообще, я не знаю, зачем
Мне нужны эти цифры.
И я уже даже не помню,
Как там тебя зовут.
И теперь для меня
Номера телефонов, как шифры.
Уходи! Оставь телефон и иди…
Виктор Цой

Ich bin hunderte Kilometer weit gerannt,
bevor ich zu Eis geworden bin.
Ich habe deine Nummer genommen und
meine nicht dagelassen. Ich entscheide.

Denke ich. Der russische Mensch, habe ich gelernt, hat nur zwei Sorgen: Arbeiten bis Freitag und nicht sterben bis Montag. Draußen auf der Straße wechselt mein innerer Monolog rapide zwischen: Bitte sprich mit mir und bitte sprich nicht mit mir, wenn mir Menschen entgegenkommen. Das ist der erste Morgen. Einfach ist es, problemlos. Interessante Menschen gibt es nicht, sie sind langweilig. Ich kann mir nur etwas zusammenreimen, was ich anderen unterstelle, was sie interessant erscheinen lässt, trotzdem schreibe ich dir: Teile von mir wären erfreut Teile von dir wiederzutreffen. Ich spüre noch deine Arme um mich. Die vorletzten Hände sind verschwunden. Katzen verwandeln innere Kälte in äußere Wärme. Mit deiner Körperwärme mache ich es umgekehrt. Es ist November und ich friere nicht. Ich mag den Geruch des Weichspülers, den du für die Bettwäsche verwendest. Ich lächle, nichts ist wichtiger gerade, sage ich mir selbst, als ich. So ist es eben. Ja diko izvinjajuz. Ich bitte um Verzeihung. Oberflächlich. Auch pochuizm ist ein Gefühl. Gleichgültigkeit. Ich sage: Ich weiß nicht, warum alle immer Leiden mit Leidenschaft verwechseln. Du scheinst mich zu verstehen, obwohl ich verwundert bin: Du hast mich an deinen Hals gelassen, ich bin dir an die Gurgel gegangen. Du trägst Knutschflecke davon. Waren die Markierungen ein Versehen? Du könntest meinen langen dünnen Hals noch dünner machen. Wir sehen uns wieder, weil Teile von mir darauf bestehen. Auch als du ein ernstgemeintes Mädchen hast versprichst du mir Sex ohne emotionale Komponente.
Irgendwo dazwischen, da ist wo wir beginnen, ohne, dass ein wir beginnt.

II
Мне говорят: "поверь что этот парень
Тебе не пара совсем не пара".
Мне говорят: "Твой выбор не из лучших!
Ты нас послушай, ты нас послушай!"
А он мне нравится, нравится, нравится...
И это всё, что я могу сказать в ответ.
Анна Герман

Aber der ist doch ein Arschloch. Sagen sie. Als würden sie versuchen mich zu warnen, oder laut überlegen, mich zu warnen. Počemu da? Sage ich. Ich bin nicht einverstanden. Mich hast du schließlich anständig behandelt. Vielleicht haben sie überlegt dich vor mir zu warnen. Ist dir mit diesen nuttigen Schuhen nicht kalt, fragen Sie. Tagsüber ist es nicht kalt. Wichtig ist, dass ich nachts mit diesen Schuhen nicht friere.

Nur selten schlafen wir Rücken an Rücken. Kalt ist mir nicht. Sie sagen dir: Sie ist wie du mit Titten. Sie sagen mir: Er ist wie du ohne Titten. Wir sollten einander kennenlernen. Wir kannten uns da bereits seit Monaten. Du siehst mich, wie ich bin. Du kennst mich, S., sagst du. Ich sage: Teile von mir kennen Teile von dir. S., sagst du. Du verwendest keine Kosenamen mehr, du weißt, dass ich sie nicht leiden kann. Du machst mich nicht kleiner, als ich bin. Es gibt Mitspieler und es gibt Spielzeug, es wäre möglich, dass du ein Mitspieler bist. Findest du meine Doppeldeutigkeiten? Findest du die doppelten Böden? Ich befürchte immer noch, dass du mich irgendwann wegen einer kaum ernst gemeinten Aussage auf den Balkon sperrst. Deine Nachbarn werden mich nicht retten kommen.

L. fragt, ob ich nicht das Gefühl hätte, dass du an eine andere denkst, wenn du mich küsst. Ich sage: Wir küssen uns nicht. Manchmal ist es wahr. Wir brauchen keine Korrektheiten. Wozu solltest du mich küssen, wenn du mich an den Haaren ins Bett zerren kannst? "Warum bist du nicht nackt?" zählt als

Vorspiel. Es ist ein Spiel, sage ich zu dir, und du weißt nicht, wie leicht du es gewinnen könntest. Das erste Mal denke ich: Sei ein Mitspieler. Das nächste mal, wenn wir uns sehen wirst du mich küssen. Ich bin verunsichert. Ich nenne dich ein Arschloch: Wenn ich mir eine Geschlechtskrankheit fange, schiebe ich es ausschließlich auf dich. Geh zum Arzt, sage ich. Ich tue dir Unrecht und weiß selbst nicht, ob ich es mit Absicht mache. Du hättest jedes ernstgemeinte Mädchen mit mir betrogen. Du willst verhindern, dass sie mich kennen lernen. Ich gehe davon aus, dass es dich beunruhigt. Wäre ich nur ein Fick, wäre es dir vermutlich egal gewesen. Vielleicht lege ich zu viel Bedeutung hinein. Ich sage dir: Du bist nur ein Fick. Ich war vor all den Weibern da, ich bin danach da. Auf meinem Telefondisplay steht: In case of emergency - call evil spirits. Ich rufe dich an.

Die Abende mit dir beginnen alle gleich, in einer Bar. Hinter den Cocktails verbirgt sich die dreckige kleine Welt meines Kopfes, sie will heraus, sie will heraus. Ich trinke nur zwei Dinge: Vodka auf Eis oder White Russian. Dinge ohne unnötigen Schnickschnack, je nachdem, ob ich schon etwas gegessen habe oder nicht. Du bestellst für mich mit. Du weißt, was ich möchte. Du tust es nicht, um mich unter Kontrolle zu halten. Man könnte meinen, dass du mich kennst. Teile von dir kennen Teile von mir, denke ich. Ob wir einen rücksichtslosen Eindruck in der Öffentlichkeit machen?

III
Nimm mich mit, nimm mich mit nach Haus
Schmink mich ab, zieh meine schmutzigen Kleider aus
Wir fürchten und wir weinen doch nicht allein
komm lass' uns verdammt ehrlich zueinander sein
Früchte des Zorns

Wir seien aus Eis, sagen sie. Du sagst Dinge wie: „Ich mag dich, S." Und ich sage: „Teile von mir mögen Teile von dir." Ich sage dir nicht welche Teile. Du bist ein Spieler, aber du liest mich nicht. Du sagst, wir sind gleich. Du sagst: Würden wir nicht Pointen über alles geben, hätten wir nichts zu reden. " Wir. Du sagst "Wir" als gäbe es ein Wir. Wie wenn du sagst, dass ich bin wie du.

Das sind keine Nuttenschuhe, sagst du, sie sind großartig. Was passiert, wenn man eine emotionale Bindung zu einem Kleidungsstück eingeht: man trägt es kaputt und sieht plötzlich in der elegantesten Bluse die man je hatte ranzig aus. Ob auch Menschen einander kaputttragen. Progorklyj. Ranzig. Ob man das im Russischen so verwenden kann?

Wir sind Nachtschattengewächse. Wir verlassen die Bar immer, als hätten wir Mondlicht mit Sonnenlicht verwechselt, nur dann können wir nach Hause gehen. Wenn ich masturbiere denke ich an unser letztes Treffen. Oder unser erstes. DIe Zwischenbekanntschaften sind gewöhnliche Menschen, sie langweilen mich, es sei denn ich rede mir selbst ein, sie hätten interessante Dinge getan oder gesagt. Wenn ich sie nicht für sie erfinde taugen sie gar nicht.

Ich sage: Wenn ich masturbiere denke ich an unseren letzten Fick. Oder unseren ersten. Du fragst: Die Sache mit der Aufmerksamkeit? Du weißt bereits, wieviel ich davon brauche. Ich antworte: Ich habe gewusst, dass du verstehst, was ich möchte. Ich antworte nicht mehr, als du fragst, worauf ich das nun beziehe. Nein, diese Unterhaltung haben wir nie geführt.

Du sagst, ich sei wie eine Katze, betrete deine Wohnung, fordere, gestreichelt und gefüttert zu werden und schlafe rücksichtslos quer über das ganze Bett. Noch Wochen später findest du Haare von mir in deiner frischgewaschenen Kleidung und ich verschwinde, wann es mir passt. Ich bleibe nur eine Nacht. Immer. Du rufst an: Wo bleibst du? Ich sagte, wir sehen uns morgen. Du forderst: Komm her. Was für ein ungehorsames Tier ich bin: Šassss, zische ich ins Telefon. Sofort. Das bedeutet, ich werde mir ewig Zeit lassen.

Ob du mich nur küsst, um mir zu widersprechen? Damit ich nicht mehr sagen kann: Wir küssen uns nicht? Eher, damit ich kurz den Mund halte. Du schläfst jedes Mal, egal ob ich links oder rechts von dir schlafe, mit meiner linken Titte in deiner Hand ein. Mein Kopf liegt auf deinem Arm. Wenn ich nachts aufwache, ertappe ich mich dabei, heimlich meine Hand in deine zu legen. Du wachst nicht auf, du merkst es nicht, ich werde es dabei lassen, solange es geht. Wenn man anfängt, Dingen eine Bedeutung zu geben, gibt man ihnen eine Grenze, antworte ich mir selbst auf die Frage, was ich so schlimm daran finde, dass jede Berührung Bedeutung haben soll. Zu lange sage ich dir nun schon: Teile von mir mögen Teile von dir. So einfach hätte ich das Spiel verloren. Ich bleibe nie länger als eine Nacht, denn das hält mich auf der sicheren Seite. Ich möchte davonlaufen. Ich bin sicher 500 Meter weit gerannt, bevor ich gegen eine Wand geschlagen bin.

IV
Влажный блеск наших глаз...
Все соседи просто ненавидят нас.
А нам на них наплевать.
У тебя есть я - а у меня диван-кровать.
И пусть сосед извинит
За то, что всю ночь звенит
Ложечка в чашке чая.
Саша Башлачев

Natürlich habe ich Gefühle. Einen ganzen Koffer voll davon. Ich weiß nur oft nicht, wo ich ihn abgestellt habe. Du bist der erste der danach fragst. Alle treffen ihre Annahmen. Worüber wir reden ist Politik. Ich schlucke noch ein anderes Gefühl hinunter: Du scheinst zu verstehen, wovon ich spreche. Odessa macht Witze. Odessa, stirbt nicht. Ich werde nicht mehr russisch reden, sagt

der eine. Hast du Angst, dass die Ukrainer dich erschlagen? Der andere. Nein, aber dass die Russen mich retten kommen.
Wäre ich nicht aus Eis, finge ich nun zu heulen an. Wir sind keine Idealisten. Schon lange nicht mehr. Odessa ist eine russische Mutter. Trotzdem geht meine Russifizierung langsam. Für uns ist es zu früh. Zu früh für das Wir, von dem du gesprochen hast. Vielleicht sind wir Kosmonauten auf einem fremden Planeten. Ich muss die Augen nicht aufmachen, um zu wissen, neben wem ich liege. Die Hand auf meiner Titte. Du bist mir nicht fremd. Vielleicht kontrollierst du meinen Puls. Willst die Gewalt über meinen Herzschlag. Keine Sorge, ich sterbe nicht. Beides verlange ich nicht zurück, weder Puls noch Herzschlag. Ich lasse den Kaffee anbrennen, weil ich mit meinem eigenen Körper beschäftigt bin. Ich masturbiere, versuche zu Ende zu führen, was du angefangen hast, während du Frühstück holst. Ich bin hungrig wenn wir uns sehen. Du macht jedes Mal Frühstück. Ich nehme mir vor, mich in Zukunft zu bemühen, ich schäme mich, für den Kaffee. Wenn ich masturbiere, sage ich, denke ich an unseren ersten Fick, oder den letzten, oder den, als der Nachbar an die Tür klopfte. Du weißt nicht, wozu ich das sage. Ich brauche Aufmerksamkeit. Ich bemühe mich, dabei keine Lügengeschichten zu erzählen, sage ich, falls du dich fragst, ob es wahr ist und sagst, du hättest dich nicht gefragt und ich stichle, ob du es jetzt tust. Wir wissen doch beide, dass du auch einen geistigen Teaser brauchst. Haben wir darüber wirklich gesprochen? Ist es jetzt schon mehr als Sex? Ich möchte, dass du Spuren auf meinem Körper hinterlässt. Mir klebt noch Sperma in den Haaren. Ich gehe nicht duschen.
Man kann zweimal sterben und immer noch nicht bekommen, was man will. Was ist das nur mit den Menschen, dass sie die Hölle für die Liebe halten. Leiden für Leidenschaft nehmen. Ich glaube, ich kenne den Unterschied jetzt. Ich könnte ihn dir zeigen. Ich denke: Verschrei es nicht. Als wäre Glück ein kleines Tier, das beim ersten lauten Geräusch erschrickt und davon läuft. Dabei

verhält es sich doch so, dass wenn man zu sehr darüber geschrien hatte, ein nie eingetretenes Glück ein Unglück ist.

Niemand wird davon je wissen. Ich nehme mir vor, dich merken zu lassen, dass ich das einzig Richtige für dich bin. Du wirst überzeugt sein, dass ich dort hin gehöre. Wir werden uns an der Verstörung anderer belustigen. Sie werden unsicher sein, ob sie uns zu dieser Wahl gratulieren sollen, denn wir verbreiten Geschmacklosigkeiten. Man wird sich hüten uns zum Essen einzuladen und nachts werde ich auf deinem Arm einschlafen, meine Hand in deiner linken, während deine rechte auf meiner Brust liegt. Ein Stück Fleisch, das immer dir gehört hat. Ich nehme mir vor, schlechte Tage besser zu machen. Essen und Blowjobs, denke ich. Mir fällt sonst nichts ein. Ich bin es nicht gewohnt. Ich werde nicht sagen: vsjo budjet chorošo. Alles wird gut. Ich werde sagen: My prorvjomsja. Wir schlagen uns schon durch. Wie ich es gelernt habe. So passiv sind wir nicht, dass alles einfach gut würde. Das schlimmste, was ich tun kann, ist abwesend zu sein.

Ich werde sagen: Ich habe ihn so lange manipuliert, bis er mich wollte, wenn ich je gefragt werde. Ich sage mir selbst: Ich werde dich so lange manipulieren, bis du mich willst. Ich fertige eine Liste an, was wir sein können. Zwei der gleichen Sorte, Geschwister im Geiste, verwandte Seelen. Nichts klingt so, wie ich es gerne hätte. Die bösen Geister, die die Welt braucht. Vielleicht ist es das. Wie wir mit anderen umgehen. Diese werden nur mehr Publikum sein. Brauchen wir es? Wir werden nach Hause kommen und es wird kein Getue geben, kein Drama und "Ich widersage." ist kein Satz, den wir je wieder fallen lassen. Nur ein bisschen, um des Spieles Willen. Wir werden miteinander umgehen wie Erwachsene, während die Zuschauer noch an Machtkämpfe glauben, als führten wir Krieg.

P. schüttelt den Kopf, als ich sage, dass ich doch nett zu dir sein müsse, damit du mich nicht zum Vorspiel zwingst. Niemand weiß, was wahr ist. Es wird ein

Wir geben. Wir küssen uns nicht, sagen wir, aber wir tun es doch. Öfter. Streit wird bedeuten, dass du am Boden schlafen musst und ich mich doch dazulege.

V
Мне нравится, что Вы больны не мной,
Мне нравится, что я больна не вами,
Что никогда тяжелый шар земной,
Не уплывет под нашими ногами.
Алла Пугачева

Die geografische Distanz lässt sich im Internet leicht überbrücken. Man könnte glauben, was ich dort ausbreite, wäre unbewusst an dich gerichtet. Du musst es mögen. Es ist bewusst. Ist das, was man anderen zeigt immer nur eine halbe Wahrheit? Wir kommunizieren mehr als je zuvor. Du kommst nicht umhin, du siehst alles, was ich dort verbreite. Du bemühst dich, öffentlich nicht mehr als von ein, zwei Dingen von mir Notiz zu nehmen. Du fragst, woher weißt du das, fängst du an, mich zu durchschauen? Nein, lache ich. Du rätst? Nein, lache ich wieder, aber das ist, was ich mache, mit allem, was ich von dir finde. Da ist ein altes Bild im Internet. Ein russischer Witz. Die Ukraine hat die Korruption im Griff, steht da, ohne Wirtschaft keine Korruption. Du hast die alten Dinge von mir gelesen. Du willst kontrollieren, ob ich wirklich die Person bin, die du gerade möchtest, denke ich. Ich habe dich nervös gemacht.
Ich wäre lieber in deiner Wohnung, als im Internet. Sie ist wie eine Bärenhöhle. Lang, schmal, klein, kaputt. Ich habe mich in diesem Geruch verstrickt. In diesen Bettlaken. Die Wohnung ist da, um sich zu verkriechen. Niemand weiß, wann ich mich dort aufhalte. Wir könnten hier überwintern, denke ich, wenn ich vom Bett aus auf die Decke starre. Vielleicht ist alles in ein paar Monaten besser, alles, was an uns kaputt ist. Auch wenn ich trotzdem morgens immer

gehe. Ich konnte noch nie sagen, ob ich länger bleiben könnte, du hast mich nie für länger eingeladen. Ich würde mir vielleicht auch die Knie stoßen, wenn ich zu viel Zeit hier wach verbringe.

Aber in Wahrheit bin ich im Internet, und der Sommer fängt gerade an. Keine Zeit für Winterschlaf. Wenn du mich bittest zu bleiben, denke ich, dann bleibe ich. Ich bin die Katze, die du einmal zu oft gefüttert hast. Ich bin die Katze, die du einmal gefüttert hast. Die du durch das Fenster im zweiten Stock hereinlässt, weil sie dir verspricht, dass sie dich wärmen würde, aber am nächsten Tag verschwindet sie. Eine Katze füttern ist, sich eine Katze anzuschaffen. Es ist genau diese Zimmerdecke, die ich betrachte, während du Frühstück machst. Ich mag, wie deine Eier schmecken.

Ich weiß gerade nicht, wo der Koffer steht, von dem wir gesprochen haben. Ich tausche ihn gegen deinen, wenn du möchtest. Ich kann nicht sagen: Ich tausche meine Seele gegen deine, denn sie sind gleich. Mag sein, dass sie gleich sind. Es klingt schrecklich.

P. sagt spöttisch: Ist das süß, sie hält unter dem Tisch seine Hand. Sicher, dass es seine Hand ist? frage ich und strecke ihm meine Handfläche aus, damit er daran riechen kann. P. schüttelt angewidert den Kopf. Ich lecke die Hand ab. Alle Teile, denke ich. Aber ich sitze gerade an keinem Tisch, ich bin weit weg. Ich habe mir einen neuen Rock gekauft. Mit einem langen Reißverschluss an der Rückseite. Nicht alle Reißverschlüsse halten, was sie versprechen. Die Taschen an dem Rock sind nicht echt. Auch das neue Kleid ist nicht perfekt. Es rutscht sage ich, und lasse den Träger von der Schulter gleiten. Trink aus, Weib, wir gehen, sagst du. Aber nein, ich sitze an keinem Tisch und du würdest so etwas niemals sagen. Vielleicht. Ich bin zu weit weg.

Ich würde gerne die Kontrolle abgeben. Ich will sie nicht. Ich will sie auch nicht im Bett. Du hast mich an den Hüften gepackt und einfach umgedreht. Du biegst meinen Körper so lange, bis er nachgibt und ich mich in einer Position befinde, die dir gefällt. Warum kannst du das nicht mit der Distanz tun? Manchmal musst du ein wenig enttäuscht sein und es muss dir gefallen. Du Enttäuschung, wenn ich Unterwäsche trage, mit zu viel Stoff, und du sagst, S. pfui, als würdest du sagen: böse Katze. Und ich wühle in der Küchenschublade nach einem Messer. Du wirst schon nichts Dummes damit tun, schneidest den Schlüpfer vom Körper. Ich habe am nächsten Tag blaue Flecken an den Hüftknochen von der Tischkante. Du hast das Messer neben meinem Gesicht in den Tisch gehackt. Danach willst du mich küssen. Du sagst: bleib. Und ich werde sagen: ok. Und ich werde das Gefühl haben, dir schon wieder ein Messer in die Hand gedrückt zu haben. Aber was soll mir schon passieren?

Aber ich kann doch nicht bleiben, schreit es in meinem Kopf, ich bin nicht da. Wir sind gerade zu weit voneinander entfernt. Und wir sind zwei, die über alles reden, nur nicht darüber. Vielleicht niemals wirklich. Vielleicht machen wir es stumm ab und in einigen Jahrzehnten, haben wir uns genug daran gewöhnt gar nichts mehr zu sagen, dass wir so tun würden, als heirateten wir aus Zynismus: Heirate mich. Sicher, wann? Montag. Montagnachmittag habe ich schon etwas vor. Dann eben Montagvormittag. Der Beamte würde lächeln. Als würde ein lang gehegter Traum in Erfüllung gehen, würden wir sagen, und den herablassenden Unterton hörten nur wir, der Beamte hielte es für ehrlich romantisch. Der Funken Ernst jedes Witzes. Wir sind zu weit entfernt. Nichts wird passieren. Lieber würde ich bei allem, was du nicht direkt an mich richtest im Internet, sondern an alle, fragen: War das ein Versuch mit mir zu kommunizieren? Und das? Aber was ist, wenn du bei allem verneinst? Mein Wahn wäre zu groß. Aber ich bin nicht wahnsinnig. Ja ne jobanutyj, sage ich mir. Hoffe ich. Zuletzt habe ich in der Bärenhöhle beinahe die Klotüre offen gelassen. Ich habe lange allein gewohnt.

Ein Symptom vielleicht. Wenn du jemals erführst, was ich mir für uns ausgedacht habe, was würdest du sagen? Würdest du sagen: Du kennst mich, S. So wie du es immer sagst? Du kennst mich, S., sagst du. Und es klingt wie ein Vorwurf. Es klingt wie: Ich kenne dich aber nicht. Wäre ich näher, ich würde mich in dem vertrauten Geruch, unter der Bettdecke verkriechen. Wie zwei Kinder, die aus einem Tisch und ein paar Decken eine Höhle gebaut haben, könnten wir uns kennen lernen.

VI
So we meet again after several years
Several years of separation
Moving on, moving around
Did we spend this time
Chasing the other's tail?
Singing, oh, oh, oh, oh, oh
I could never belong to you.
Kings of Convenience

Ein performativer Sprechakt, sage ich, solange du es nicht sagst, ist es nicht wahr. Und du hast noch nie davon gehört. Du setzt zum Sprechen an, machst eine Bewegung wie ein Dirigent, der jemanden zum Verstummen bringt. die Finger zusammen. Du sagst, ich sei richtig für dich. Die einzige Konstante in deinem Leben. Neben deiner Mutter, sage ich. Und das hättest du zu der letzten Nutte auch gesagt, füge ich hinzu. Sie sei eben nicht die Richtige gewesen, sagst du. Warum du glaubst, dass ich es sei. Und es gibt keinen nachvollziehbaren Grund dafür. Nein, dieses Gespräch gab es nie.
Du schreibst mir: S., warum ziehst du nicht zu mir? Ich bin kein gefühlsduseliger Mensch, aber ich verspreche dir nur, dass dir nie langweilig wird, aber meine Seele wird dir gehören. Ich frage mich, ob das echt ist, oder eine meine Kopfgeburten. Es hört sich nicht nach meinem Kopf an. Ich will sicher gehen, schicke eine Liste meiner schlechten Eigenschaften. Ich bin das Chaos, sage

ich. Ich hasse Haushalt. Ich koch nur aus Wut, wenn ich auf etwas einhacken will, Schuldgefühlen, selten bis gar nicht, oder mit zu vielen Zwiebeln, wenn ich weinen möchte. Es ist dir egal. Aber in der Seele zeige ich dir den Weg, schreibst du, wir sind zu alt für Halbherzigkeiten. Keine Einzelteile mehr, nicht Teile von mir. Ganze Herzen, ganze Seelen. Das ist was du sammelst. Seelenfresser. Bislang waren es zumeist nur Teile der Leber. Mehr als Teile von mir, denke ich. Wir sind einander wohl nie nüchtern begegnet. Vielleicht hätte das das Tempo erhöht. Ich stehe zu meinem Wort, sagst du am nächsten Tag. Nüchtern? Es sind noch Monate, bis wir uns wieder sehen werden. Du musst dir sehr sicher sein, niemand interessanteren zu treffen, oder schreckliche Angst haben, dass ich es könnte.
Wir seien aus Eis, sagen sie. Immer noch schützt uns die geografische Distanz voreinander. Ich frage mich, wo meine emotionale Barrikade gelandet ist. Vielleicht irgendwo zwischen meinen Kleidern am Boden liegend. Nur der dichte Rauch brennender Autoreifen ist noch da. Die Barrikade hielt doch für ein Jahrzehnt. Ich erwarte, dass du mich zwingst. Mich zwingst etwas zu sagen. Performativer Sprechakt denke ich. Ich erwarte, dass du meine Seele willst. Was böse Geister eben wollen.
Ach, du musst es gesagt bekommen, frage ich. Und weiter: Teile von mir lieben Teile von dir. Und du würdest es nicht begreifen, du würdest mir vorwerfen, es so zu sagen, das ist keine Fickgeschichte mehr, würdest du sagen, ich müsse damit aufhören, dabei fragst du immer noch nicht welche Teile. Gut, dass du überhaupt nicht nachfragst. Ohne gefragt zu werden sage ich gar nichts. Nach zwei Tagen langweile ich mich. Das einzige Versprechen hast du schon gebrochen. Ich klicke mich durch eine Modeseite.
Was ist, jetzt, wo wir nicht mehr wie die Katzen um den heißen Brei schleichen, auch all die heiße Luft draußen ist? Ich stelle mir vor, wie ich dich wieder sehe und du sagst, dass ich dir gehöre, nicht nur eine Nacht und ich sage:

Ladno. In Ordnung. Nicht nur jede Öffnung und Erhebung meines Körpers. Das wäre einfacher. Ich habe Angst, dass wir trotzdem schüchtern umeinander herumtanzen, wie wir es nie getan haben, wenn wir uns wiedersehen. Ich versuche mich auf einen angenehmeren Gedanken zu konzentrieren.

V. wird sagen: Wer zahlt dort eigentlich deine Miete? Und du wirst vielleicht noch versucht sein richtig zu antworten: Ach, ich bekomme einen Teil von ihr, aber V. wird nur wissen wollen, ob ich nun meine Miete in Blowjobs bezahle und sobald ich es ausgesprochen habe, werden die anderen angewidert sein. Nicht von dem Bild, sondern von dieser, unserer selbstgerechten Haltung. Ich muss lachen bei der Vorstellung. Morgens küssen wir uns vielleicht doch nicht.

VII
Halt mich fester Liebling hier ist es so kalt
ich vergrab' meine Angst ganz tief im Tannenwald
lass uns tanzen, schenk das Glas noch einmal ein
und lass' uns verdammt ehrlich zueinander sein.
Früchte des Zorns

Teile von mir, sage ich, wenn du eine Erklärung forderst. Welche Teile, S.? Mit dieser Frage hättest du das Spiel gewonnen. Such dir die Teile aus, tvoj vybor'. Da gibt es vielleicht Teile, die du nicht haben willst. Du sagst: Die Seele. Ich weiß nicht, ob du von meiner Seele etwas übrig lässt. Ich sage: Soll ich es in Geschenkpapier verpacken? Du wirfst sie mit dem Kraut in die Pfanne.

Es gibt keine Blowjob-Kurse in Odessa, es gibt sie nur in Russland, aber nach Russland will ich nicht. Ich bin schrecklich schlecht darin. Wie in allem. Ich wäre nicht verwundert gewesen, hättest du mir irgendwann in die Beine geschossen, damit ich nicht davon laufen kann. Obwohl ich so schlecht bin. Nur weil ich es nicht verspreche. Weil ich nichts verspreche. Ich kann es nicht versprechen. Nicht dir. Nur mir selbst. Aber ich lüge auch nicht. Ich schreibe: Man kann die Einsamkeit am TV-Serien-Konsum messen. Ich schreibe es auf Russisch. Nur du liest es.

Wenn du sagst: Du gehörst mir. Sage ich: Ich weiß. Ich versuche mich zu konzentrieren. Die Arbeit geht langsam. Ich sollte eine funktionierende Karriere haben. Was hättest du, von einem hohlen dekorativen Element in deinem Leben? Das ist, was ich mir sage: Nur so wäre ich ein dekorativer Aufputz. Und du willst mehr als nur die Leber. Wir sind eben Trinker. Dich stört nicht, wenn ich rauche und trinke. Ich glaube, du rauchst mehr als ich und ich frage mich, wie du das schaffst. Wir husten im Kanon. Keine halben Teile. Nichts Zerrissenes.

Wir sind Egomanen, nicht? Wir tun, was notwendig ist. Wenn wir etwas wollen. Wenn wir jemanden wollen. Am liebsten hätte ich jemanden, der mir so vertraut ist, dass ich ihn bitten kann mich zu würgen, während ich mich selbst befriedige um mich darauf zu konditionieren, es erregend zu finden. Dann könnte ich dir auch meinen Hals bieten. Alle Teile, sage ich mir.

Ich verharre in einem Zustand, als würde ich mich zum Sprung bereit machen, für Tage. Wenn wir uns wiedersehen, bin ich soweit. Ich weiß nur noch nicht wofür. Auf der Straße zur Perfektion, sage ich mir. Nichts ist wichtiger, als dieses Wir, von dem du behauptet hast, dass es das gäbe. Ich werde dich beschützen, denke ich und zugleich: Wovor denn? Vor dem Lärm im Kopf. Ich wühle in meinem Kleiderschrank. Ich hasse ihn. Ich bin unsicher, ob da genug ist, in dem ich zu dir passe. Es ist nur eine Ablenkung, eine Ablenkung von dem Computer. Du hast meine letzte Nachricht nicht gelesen. Das Programm ist für Verrückte gemacht, für Verfolger. Ich kann erkennen, ob du etwas gesehen hast. Ich frage mich, ob es dir gut geht. Geht es uns gut? Ich habe noch nie so lange nichts von dir gehört. Bereit zum Sprung, wie ein Tier, nehme ich mir vor. Ich falle um, alles ist schwarz. Warum tut es weh, wenn das Blut endlich in den Kopf zurückkehrt?

VIII

Ты говоришь, я так хорош -
Это от того, что ты так хороша со мной.
Но если ты почувствуешь случайный укол -
Выдерни занозу, забудь о ней скорей
Это от того, что мой ледокол
Не привык к воде тропических морей.
Саша Башлачев

E. sagt, es sei passend. Vor dem "passend" macht sie eine kurze Pause. "Ihr seid aus Eis." sagen sie. Ich sage gar nichts.

Wo sind die bösen Geister, wenn man sie ruft? Du antwortest nicht. My ne jobanutyj. Wir sind nicht verrückt. Ich bin kein guter Mensch, sage ich, aber auch schlechte Menschen tun gute Dinge und niemand weiß, dass du ein guter Mensch bist, weil gute Menschen schlechte Dinge tun. Wenn ich sage: Diesen Raum verlassen wir heute nicht mehr, dann habe ich etwas Gutes getan. Ich werde dich nicht zu einem besseren Menschen machen. Damit wir irgendwann sagen können: Wir waren niemals gut, wir waren am besten, wenn wir böse waren. Ich kann immer nur einem Menschen gegenüber zu einem Zeitpunkt meines Lebens gut sein. Vielleicht bin ich zu selbstverliebt und vielleicht liebe ich dich niemals so, wie du dich selbst. Wir sind nicht hart, weil sie etwas hart zu hören finden. Passend. Das ist, was uns einfühlsam macht, aber nur füreinander.

Meine Bettdecke ist plötzlich doppelt so groß, als würde sie für mich entscheiden. Wurde ich gewissermaßen annektiert? Wir kennen einander doch kaum -

wer Territorium hat, muss es verteidigen. Der Geruch des Weichspülers ist ein anderer, als in der Höhle. Der Computer macht ein Geräusch, ich verheddere mich in dem Material und falle aus meinem eigenen Bett. Jedes Mal, wenn mir jemand schreibt wünschte ich, es wärst du. Ich versuche mich abzulenken. Pirožki und Vodka aus Plastiktassen. Es ist schrecklich anstrengend ich zu sein. So viel Beiwerk.

Du kannst bleiben, aber deine Kleidung muss gehen, und wir verlassen die Höhle nicht mehr. Die in meinem Kopf. Die Plastiktasse sagt es auch: Verlassen die Höhle nicht mehr. Teile von mir, sage ich. S., hör auf, sagst du, Schluss damit. Und ich sage: Bis in alle Ewigkeit werde ich das sagen, weil es immer wahr sein wird. Du fängst zu lachen an: Du setzt großes Vertrauen in meine körperlichen Fähigkeiten. Kozel, schimpfe ich dich. Du hast deine Schlüsse gezogen. Ich werde dich nachts immer seltener für Sex wecken. Es wird nachlassen. Auch das war die Plastiktasse. Ich schreibe dir nochmals. Ich fange schon an, mich um dich zu kümmern, du antwortest nicht. Für mich war es nicht vorhersehbar. Keine Unterhaltung mit dir ist vorhersehbar. Gerade nicht die, in der du endlich verstehen wirst.

IX
Спасибо Вам и сердцем и рукой,
За то, что Вы меня, того не зная сами,
Так любите, за мой ночной покой,
За редкость встреч закатными часами.
Алла *Пугачева*

Im Jänner kann man manchmal auf das schwarze Meer hinausspazieren, einen ganzen Kilometer. Das Eis bricht nicht.

V. sagt: Wenn du glaubst die nächsten fünf Jahre mit ihm auszuhalten, dann ist er wichtiger für dich als dein Zuhause Schätzchen. Du hast Augen wie ein Reptil - Ich brauche lange ein Bild von dir zu finden, auf dem du eine Sonnenbrille trägst, damit ich es V. zeigen kann.

Ich musste doch unter die bösen Geister gehen, ich war noch nicht fertig gestellt, ich musste weggehen um perfekt zu werden. Perfekt, das heißt für dich. Das ist der Fluchtpunkt, auf den alles hinausläuft. Du tust doch alles was du tust, dein ganzes Leben lang, nur für mich, oder: Für die Vorstellung der Person, von der du hoffst, dass ich sie bin. Ich bemühe mich doch, diese Person zu sein. Ob du es je schaffst, mich so zu lieben, wie du dich selbst? fragst du. Aber das Nachrichtenfeld ist doch leer. Ich sehe Buchstaben wo keine sind.

Ich sage, ich habe noch nie jemanden betrogen, du sagst: So etwas passiert. Ich wünschte, du hättest mich angelogen. Wenn ich mir vornehme, dass mir etwas gleichgültig ist, dann ist es das auch. Ich war zweimal im Leben eifersüchtig. Zum ersten Mal mit sechs Jahren und meine Großmutter hat nicht mich, sondern jemand anderen an ihr Krankenbett verlangt. Mit dem für mich reservierten Kosenamen. Keine Kosenamen mehr, sage ich. Das zweite Mal war jetzt.

Wenn du sagst, dass du mich würgen möchtest sage ich nicht nein, ich sage: noch nicht. Ich habe mir Gedanken dazu gemacht. Ich könnte natürlich vorschlagen ein Wort zu verwenden, das meine Grenze markiert, aber was hätte das für einen Sinn? Darum geht es doch, dass es damit witzlos wäre. Selbst wenn es nur ein vorläufiges Wort wäre, ein Wort mit Ablaufdatum, dann wäre ich doch versucht, es später wieder zu verwenden. Wörter mit Ablaufdatum sollen zwischen uns nichts verloren haben. Du hast versprochen, dass ich mich nie langweilen würde. Es ist abgelaufen. Darüber werden wir sprechen müssen. Irgendwann kommt der Moment, in dem ich sage: ok. Mein Hals gehört dir. Alle Teile denke ich. Den Kopf, sage ich mir, habe ich noch. Ich frage, wann sehen wir uns. Das Nachrichtenfeld bleibt leer.

Ich nehme ein Magenmittel, mir ist schlecht. Wenn ich dazu Alkohol trinke höre ich ständig eine Katze schreien, die gerettet werden will, aber ich kann sie nicht finden. Ich schreibe in das Nachrichtenfeld: Ja tebja obožaju, aber ich schicke es nicht. Dafür, ist es bestimmt zu früh und ich denke noch: Es könnte doch tatsächlich sein, dass du nur eine Version von mir bist. Sie sagen: Er ist wie du. Ich lösche es wieder. Wann sehen wir uns?

X
У них не будет бога, кроме рока,
А самое главное - их будет много,
Я буду их рожать каждую неделю,
Мир станет таким, как мы с тобой хотели...
Нас окружат родственные души,
И мир лучше и лучше
С каждым днем будет становиться...
Мы как тараканы будем плодиться...
Ты знаешь, у нас будут дети
Самые красивые на свете
Самые капризные и злые,
Самые на голову больные,
Как мы...
Янка Дягилева

Wenn alle Menschen aus Wasser bestehen, warum brennen sie dann so schnell? Gefroren zu sein ist sicherer. Solange niemand auf einen einschlägt und man in tausend Splitter zerbricht.
Ich frage: wann treffen wir uns und du sagst: bald. Liebe ist, neben ihr im Bett zu schlafen, auch wenn sie vom Teufel besessen ist. Bald, nichts Konkretes. Hat die Katze aus dem Sack zu lassen bedeutet sie zu töten?
Wenn ich dir ein Messer in die Hand drücke passiert mit nichts, sage ich mir, immer wieder.

Du wirst russisch mit unserem Kind sprechen, ich deutsch. Und wir beide? In welcher Sprache reden wir miteinander? Gar nicht. Es muss reichen, eine Zuneigungsbekundung einmal auszusprechen und es dabei zu lassen, bis es sich ändern sollte. Ich habe es einmal gesagt, ändert sich etwas, gebe ich Bescheid. Ich habe es noch gar nicht gesagt. Die Gutenachtgeschichten sind abwechselnd russisch und deutsch. In der Schule lernt es englisch und französisch.
Ich sage: Keine Kinder. V. erklärt mir. Im Hormonrausch, wenn Frauen fallen, dann vergessen sie die Pille zu nehmen. Ich beiße mir auf die Zunge. Überlege, ob ich sie gestern geschluckt habe, oder heute.
Ich frage nach deinem Befinden, indem ich dir einen schnippischen Kommentar hinwerfe. Ich mache mir Sorgen. Bald. Das muss genug sein. Die Unterhaltungen sind nicht vorhersehbar. Bei anderen Menschen ist es simpler, ich kann mir ausrechnen, was sie als nächstes sagen. Bald, muss genug sein. Ziele sind Träume mit einer Deadline. Das ist kein Traum, sage ich mir, das ist ein Ziel. Wie lange warte ich auf Antwort?
Es wird Blinys geben - der erste wird nichts, niemals, auch nicht der zweite. Der erste wird immer Slonomuchom. Eine Elefantenmücke. Alle übrigen sind ein Matschhaufen. Kuča Sljakot'. Wie viele Jahre, bis sie in Form bleiben? Ich glaube nicht mehr an Sie. Ich glaube nicht mehr an Blinys. Ich habe mich bei einer Haushaltsseite eingetragen. Wie spart man Platz? In der Höhle ist nicht einmal genug davon für meine Schuhe. Zurück zur Modeseite. Ich schneide Zwiebel. Niemand kann sehen, wenn ich weine, ich muss nur Zwiebel schneiden. Immer noch schäme ich mich für die Sache mit dem angebrannten Kaffee.
Niemand kann zwischen den Zeilen lesen, niemand liest mich, niemand liest dich. Sollen sie uns für boshaft und stolz halten. Gefühllose. Eisbrocken. Vom Gletscher gestürzt. Bald. Kein Drama. Brich mir den Schädel und lies doch was du willst. Am anderen Ende meines Körpers sind meine Füße hässlich

und wund. Ich bin zu lange gerannt. Ob du meine Füße eklig findest? Sie sind schon überall gewesen.

Ich muss nicht spüren, was andere spüren, ich verstehe andere nicht. Wir und die Welt, wir müssen einander nicht mehr verstehen. Unsterblich und Unverwundbar. Aber warum sagst du nur: Bald. Ich löffle den Matschhaufen. Glaubst du ich kann nicht gleichzeitig essen und dich provozieren? Natürlich schreibe ich dir wieder. Mein Kopf ist gefangen unter dem Eis, ich bin gefangen unter meinem Kopf, der Kopf entscheidet.

Der Geruch dieses Weichspülers. Ich gehe in den Supermarkt und mache, mich nervös umsehend, eine Flasche nach der anderen auf. Diesen Geruch kann ich nicht finden. In der Früh heulen Katzen vor meinem Fenster. Dass Katzen aber auch immer so jämmerlich heulen können, sie jammern, als sei die Weltuntergegangen, nur weil sie sich auf dem Weg vom Baum hinunter verirrt haben.

XI
Ты никогда не спишь.
Я тоже никогда не сплю.
Наверное я тебя люблю.
Но я об этом промолчу,
Я скажу тебе лишь
То, что я тебя хочу.
Саша Башлачев

T. sagt: Das ist nicht vorbei, irgendetwas kommt noch. Ich frage: wann treffen wir uns und du sagst nichts. so lange, bis ich merke, dass du nicht da bist. Siehst du mich, wie ich bin? Nichts ist wichtiger als du. Nichts ist wichtiger als meine Wut auf dich.

Ich habe wieder Angst vor dem Arzt. Der Arzt ist Exorzist. Ich habe Angst, dass er sagt, dass es dich nicht gäbe. Ich höre nicht hin. Ich bekommen nur Kopfschmerzen von dem ganzen unsinnigen Exorzismus. Slušaj sjuda: Ja ne jobanutyj. Ich bin nicht verrückt.

Ich bin vielleicht tausend Meter weit gerannt, bevor ich in die Tiefe gestürzt bin. Wie dick muss Eis sein, damit ich nicht einbreche? Ich weiß nicht, wieviel ich noch wiege.

Du antwortest überdurchschnittlich lange nicht. Formulierst du immer wieder im Kopf die schlechten Nachrichten um? Vorbei, vorbei, vorbei. Ich will hören, dass es nicht so ist.

Ich bin unvorsichtig. Ich schneide mir beim Rasieren in die Lippe. Eine kleine Wunde. Ein Eingang für Geschlechtskrankheiten. Wenn beide unheilbar krank ist, ist es ein Trennungsgrund oder einer zu ewiger Treue? Eine nahezu romantische Vorstellung.

Glück wäre vielleicht ein Gefangenendilemma zu überstehen. Du sagst immerhin auch nicht, dass es anders sei. Wir suchen uns Figuren in Fernsehserien aus, denen wir ähnlich sein könnten. Wir haben sie fast alle gesehen.

Wir sind Monster, sagen sie, ich lache. Sie begründen es nie. Wenn du lachst, sieht man dein Zahnfleisch. Glück, das ist, sich vor wenigstens einem Menschen nicht verstecken zu müssen.

Ich suche Worte, aber ich weiß nicht, was ich dir schreiben sollte. Wo habe ich sie verloren? Sie sind nicht in der Schmutzwäsche, vielleicht sind sie in der Pfanne verbrannt, wie der Speck. Deine Hälfte mit Speck, meine ohne. Niemand soll sehen, dass ich die Haushaltsseite lese. Ich habe die Vergangenheit sorgfältig niedergebrannt. Zu sorgfältig. Niemand weiß es.

Ich musste weggehen, nur um zu dem zu werden, was du brauchst. Habe ich mich selbst manipuliert? Ich schüttle den Kopf. Dich. Dich, solange, bis du gesagt hast, dass du mich willst. Jetzt sagst du nichts mehr.

Es ist eine geradezu unermüdliche Zärtlichkeit, mit der ich den Speck aus der Pfanne kratze. Meine Hände sind zu klein um alles zu fassen. Es ist mir gleich, wenn du mich quälst. Duša bolit, denke ich. Die Seele täte weh. Dem restlichen Körper fehlt nichts. Man spricht hier nicht von Herzen. Ob ich meine Seele überhaupt noch habe. Ich sage mir: Wir sind unser eigener Deal. Mir ist gleich, wenn du mich quälst.

XII
One of these mornings
One of these mornings won't be very long
You will look for me and I'll be gone
Moby

M. sagt: Kind, er ist tot. Nein, M. sagt das nicht. M. sagt gar nichts, aber ich höre es trotzdem.

Ich kann mich nicht erinnern, wann meine Barrikaden so tief gefallen waren. Ich weiß nicht, wie weit ich gerannt bin, bevor ich zu glitzerndem Schnee zerfallen bin. Du siehst mich nicht. Ich habe mich angelogen, als ich sagte: Du siehst mich, wie ich bin.

Wir wissen doch alle, was mit Schrödingers Katze passiert ist. Ich bin realitätsunzumutbar.

Teile von mir haben in der echten Welt nichts mehr verloren. Ein Satz, der immer wahr sein wird. Ebenso wie in jedem Moment des Lebens wahr ist zu sagen: Dem Tod näher als je zuvor.

An einer Straßenecke sind sieben Autos für mich stehen geblieben. Ja, offenbar existiere ich.

Mein Kopf ist gefangen unter Eis. Vielleicht bist du aus Eis, oder es gibt dich nicht. Eis existiert, sage ich mir.

Ich frage, wann treffen wir uns, so lange, bis ich merke, dass du nie da warst.
Ich baue die Barrikade neu. Ich suche Autoreifen. Ich kann keine finden. Ich hacke wütend auf den Kabačok ein, als müsste ich ihn umbringen. Ein schneller Rhythmus.
Ich bin aus Eis, sage ich mir. Immer wieder. Ich bin aus Eis.

Übertragungen

I
Geh weg, aber lass deine Nummer da.
Möglicherweise rufe ich an.
Und überhaupt weiß ich nicht wofür
Ich diese Ziffern brauche.
Und ich erinnere mich gar nicht,
wie du da heißt.
Und inzwischen ist für mich
Die Telefonnummer, wie ein Chiffre.
Geh weg! Lass deine Nummer da und geh…
Viktor Zoj

II
Man sagt mir: „Vertrau darauf, dass dieser Typ
Nicht zu dir passt."
Man sagt mir: „Deine Wahl ist nicht die beste!
Hör auf uns, hör auf uns!"
Aber er gefällt mir, gefällt mir, gefällt mir…
Und das ist alles, was ich zur Antwort geben kann.
Anna German

IV
Der feuchte Glanz unserer Augen…
Alle Nachbarn hassen uns einfach.
Und uns sind sie egal.
Du hast mich und ich – ein Klappbett.
Uns soll sich doch der Nachbar entschuldigen,
dafür die ganze Nacht mit dem
Löffelchen in der Teetasse zu klirren.
Saša Bašlačov

V
Mir gefällt, dass Sie für mich keinen Schmerz bedeuten,
mir gefällt, dass ich für Sie keinen Schmerz bedeute,
Dass Niemals der schwere Erdball,
unter unseren Füßen wegrutscht.
Alla Pugačova

VIII
Du sagst, ich bin so gut,
das liegt daran, dass du so gut mit mir bist.
Aber wenn du einen gelegentlichen Schmerz fühlst –
Zieh den Splitter heraus und vergiss es schnell.
Das kommt daher, dass mein Eisbrecher
Die tropischen Gewässer nicht gewohnt ist.
Saša Bašlačov

IX
Danke, mit Herz und Hand,
dafür, dass Sie mich, ohne es zu wissen,
so lieben, für meine nächtliche Ruhe,
für die seltene Begegnung zum Sonnenuntergang.
Alla Pugačova

X
Sie werden keinen Gott haben, außer dem Rock,
und das wichtigste – es werden viele sein,
ich werde sie jede Woche gebären,
Die Welt wird so, wie wir sie immer wollten…
Uns umgeben verwandte Seelen,
Und die Welt wird besser und besser
Mit jedem Tag…
Wir werden uns wie Kakerlaken vermehren…
Weißt du, wir werden Kinder haben
Die schönsten auf der Welt,
die kapriziösesten und bösesten,
die am meisten Kopfschmerzen bereiten,
wie wir…
Janka Djagiljeva

XI
Du schläfst nie.
Ich schlafe auch nie.
Wahrscheinlich liebe ich dich.
Aber darüber schweige ich,
und sage dir nur,
dass ich dich will.
Saša Bašlačov

Marina Büttner

Patricia Malcher

Lauf, Jette, lauf

Von unten hörte Jette die Haustür. Sie waren also zurück.
Zufrieden und aufgekratzt lächelte das Baby sie vom Wickeltisch aus an. Den Kopf in der Kapuze des Badehandtuches verborgen, sah es aus wie ein kleiner König, der wild mit Armen und Beinen zappelte, um die Wichtigkeit seines zuletzt gemachten Ediktes zu unterstreichen. Jette trocknete die schwer zugänglichen Stellen besonders gründlich ab, die Achseln, die Zehen, die Ohren und die

Falten des Nackens. Der Wärmestrahler und die Dämpfe des Badewassers ließen ihr Gesicht rot anlaufen. Auf ihrem Pullover entstanden dunkle Flecken. Sie ahnte den Geruch ihres Deodorants.

Mittlerweile hatte das Baby genug davon, auf dem Rücken zu liegen. Behände versuchte es, sich zu drehen, überstreckte den Kopf und fasste hinter sich. Schnell legte Jette ihm die Baby-Haar-Bürste in die Hände und schaffte es auf diese Weise, den Kleinen etwas zu beruhigen. Wissbegierig untersuchte das Kind die Bürste, fühlte, hielt, schmeckte, biss. Jette nutzte die Zeit, griff die Baby-Lotion und strich den Körper des Kindes ein. Streichelte dabei sanft jeden Winkel der wohlig warmen Haut. Genoss den Duft der Lotion, längst ein Höhepunkt in ihrer Sammlung, der sich mit der zarten Babyhaut verband, und der mütterliche Instinkte bei jedem wachrufen musste, dem er in die Nase stieg.

Gerade als sie fertig war, kam die Mutter des Jungen, strahlte ihn an, hob ihn sanft auf den Arm. »Du kannst jetzt noch aufräumen und hast dann Feierabend. Wir sehen uns dann nächsten Freitag wieder.« Ohne sich nach Jette umzusehen, ging sie mit dem Baby hinaus.

Jette ließ das Wasser aus der Wanne, hing die Handtücher zum Trocknen auf und schmiss die dreckige Wäsche in den Korb.

Unten schaute sie noch kurz im Wohnzimmer vorbei. Im Schlafanzug lag das Baby auf dem Schoß der Mutter, der Vater beugte sich über die beiden. Sie sprachen mit ihm, küssten die winzigen Füßchen und rieben immer wieder ihre Nasen am Bäuchlein des nach Kamille und Ringelblume duftenden Kindes. Im Widerschein des gedimmten Lichts der Lampen erkannte Jette die verzückten Gesichter. Das Baby gurrte zufrieden.

»Tschüss und schönes Wochenende«, rief sie noch, bevor sie die schwere Haustür hinter sich ins Schloss fallen ließ.

Zu Hause empfing sie der eine Mensch, zu dem sie gehörte. Empfing sie auf die erwartete Art und Weise. Ihre Mutter saß mit einem Teller vor dem Fernseher, nickte ihr kurz zu und widmete sich danach ganz dem Abendprogramm. Es roch nach Zigarettenqualm und verbrauchter Luft. Die Zweisamkeit des Wochenendes würde sich nur im Niemals-enden-wollen von der der Schulwoche unterscheiden.

Jette ging in ihr Zimmer, stellte sich an das überladene Kiefernregal und betrachtete ihre Sammlung. Flakon stand neben Flakon, Probefläschchen neben Probefläschchen, befüllt mit farbigen, transparenten oder auch milchigen Flüssigkeiten. Duftende Hoffnung. Vorsichtig öffnete das Mädchen ein Gefäß, roch daran und rieb sich den Babyduft von gerade großzügig auf ihre Hände und ins Gesicht. Sie schloss die Augen, gab den Inhaltsstoffen Zeit, ihre Wirkung optimal zu entfalten.

Mit einem Lächeln auf den Lippen kehrte sie zurück ins Wohnzimmer und setzte sich, anstatt wie sonst auf den Sessel, diesmal neben die Mutter auf das Sofa. Nah saß sie, ganz nah. So nah, dass sich beinahe ihre Hüften berührten. Irritiert unterbrach diese ihre Fernsehidylle. »Was riecht denn hier so komisch?« Den Mund noch voller Brot. Sie schnüffelte, ja, schnüffelte an Jette. Stand auf, »Hast du Tee getrunken?«, und verschwand in der Küche, um sich eine neue Schachtel Zigaretten zu holen.

Froh, der Stille entkommen zu können, machte sich Jette am nächsten Tag auf zu Nicole. Ihre Freundin öffnete mit den Worten: »Wir arbeiten eben noch zu Ende.« Im Jugendzimmer saß Nicoles Vater auf dem Boden. Vor ihm aufgeschlagene Mathebücher, ein Schälchen Kekse und zwei Tassen Kakao. »Komm ruhig rein, Jette. Lernen hat heute keinen Zweck. Nicole denkt sowieso nur an Jungs.« Nicole klappte ein dünnes Heft zu, rollte es zusammen und gab ihrem Vater damit einen Klaps auf den Kopf: »Stimmt ja gar nicht.«

Lachend legte sich der Mann auf den Rücken, wehrte den Angriff seiner Tochter ab und konterte mit einer Gegenattacke. Er kitzelte sie oder sie ihn oder beide sich, prustendes Lachen, ein einziges zusammenhängendes Knäuel. Schließlich stand er auf, strich Nicole durchs Haar, zwinkerte Jette mit strahlenden Augen zu und verließ den Raum. Zurück blieb nur sein Aftershave. Herb, präsent, väterlich.

»Ich gehe mal eben zur Toilette«, sagte Jette, schnappte sich ihre Tasche und schloss sich im Badezimmer ein. Dort öffnete sie das Spiegelschränkchen, suchte und fand diverse Fläschchen und Tuben, schraubte auf, roch, stellte beiseite, sortierte aus. Endlich wurde sie fündig. Sie roch, roch, roch bis ihre Nasenflügel zitterten. Vorsichtig tupfte sie sich einen Tropfen des Duftes auf ihr Handgelenk, verrieb ihn. Ja, das war der Geruch aus Nicoles Zimmer. Leise kramte sie ein leeres Probefläschchen aus ihrer Tasche und füllte den Duft ab. Klaute etwas von dem, was Nicole im Überfluss besaß.

Wieder zu Hause fand sie ihre Mutter an gewohnter Stelle vor. Auf dem Wohnzimmertisch lagen Pommesschälchen und Plastikgabeln. »Stell deine Portion in die Mikrowelle«, sagte sie. Ihre eigene Schale war bereits leer, ein angetrockneter Ketchup-Fleck zierte die Mitte des Tisches. Jette setzte sich in die Küche und aß. Jedes Mal, wenn sie einen Bissen zum Mund führte, roch sie das Aftershave vom Handgelenk. Sie lächelte. Ihr war, als säße noch jemand am Tisch.

In Jogginghose und T-Shirt verließ Jette am Sonntag die Wohnung.
Der anderthalbstündige Lauf war seit Neuestem ein Ritual, das den Montag schneller näher rücken ließ. Heiß war es, die Sonne entfaltete nach dem verregneten Frühling zum ersten Mal ihre ganze Kraft. Jette lief aus der Siedlung hinaus, versank in ihre Gedanken.

Schon nach wenigen Minuten begann sie zu schwitzen, lief bergauf, schwitzte, lief, vergaß, schwitzte. Roch. Roch nach Sport, roch nach Anstrengung, roch weder nach Deo, noch nach Baby oder Vater. Sie lief schneller, erhöhte die Geschwindigkeit, lief, ein Wettrennen mit dem Schweiß. Roch immer intensiver. Strenger, erdiger Geruch. Rannte, während sie in ihren Erinnerungen suchte, regelrecht kramte, ja, wühlte, um doch niemanden zu finden, der zu diesem Geruch gehörte. Eigenartiger, einzigartiger Geruch, nicht schlecht, nicht unangenehm, nein, eher würzig und irgendwie rein.

Nicht Teil ihrer Sammlung.

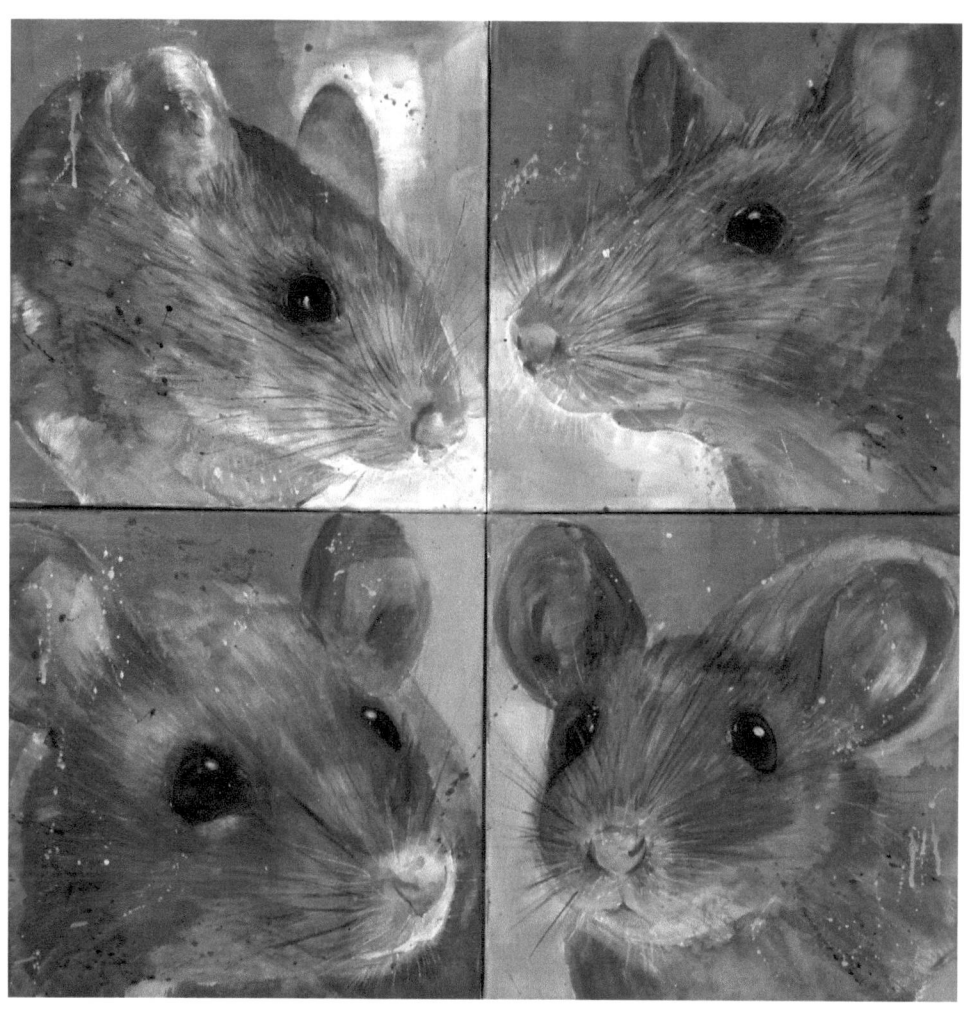

NORA B. HAGEN

Berlin. Eine Reise
Zwölf Haikus

I.
Brandenburger Tor
darüber, ganz in Fetzen,
der graue Himmel.

II.
Kaltmetall: Südkreuz,
Flutlicht über den Schatten.
Die Rolltreppe schreit –

III.
Langsam zerschneidet
das regnende Wasser
die Fensterscheiben

IV.
Flirrendes Laubwerk
Die S-Bahn hält dafür nicht.
Ein buntes Winken –

V.
Alexanderplatz.
Tief unten am Fernsehturm
eine Drehleier –

VI.
Wer Bleistifte an
den Füßen trägt, geht selten
so schön wie Störche.

VII.
Unter den Menschen,
dort, zwei Japanerinnen -
mit Atemmaske.

VIII.
Stadtmitte. Glas und Licht.
Aus fremden Silhouetten
formt sich ein Gedicht...

IX.
Potsdamer Platz, nachts.
Drohende Riesen wachen -
bis das Licht ausgeht.

X.
Schicksal oder Gott:
Die Blätter fallen weiter.
Nichts kehrt den Herbst um.

XI.
Grün. Ein ruhiger Wald,
senkrecht die Wand hinunter.
Lausche dem Wasser -

XII.
Berlin Hauptbahnhof.
Im Fenster werden Häuser
zu weiten Feldern.

MARIE GAMILLSCHEG

Neuanfang

1

Jakob liegt am Rücken auf dem Doppelbett und starrt an die Decke. Alles um ihn herum ist weiß, die Wände, der Kasten an der Wand, die Bettwäsche. Es riecht nach frischer Farbe und Waschpulver. In der Etage über ihm werden Möbel geschoben und Jakob stellt sich vor, wie jemand gerade dreieinhalb Meter über ihm tiefe Furchen in seinen Parkettboden pflügt. Jemand, wie er sein Sofa über die dunklen, breiten Holzdielen schiebt.

Neben ihm vibriert sein Handy. Drei Anrufe in Abwesenheit, er schaltet es aus und wirft es neben sich, es verschwindet zwischen der weißen Decke und den vielen weißen Pölstern, die viel zu klein und hart sind, um darauf zu schlafen. Er entdeckt zwei Pölster mit geblümtem Überzug und wirft sie zu Boden.

Das ist also Wien. Er setzt sich auf und blickt auf eine Doppelflügeltür, auf der schief ein Kalender aus dem Vorjahr hängt. Die Wände sind hoch, die Fotos, die an seiner Zimmerwand zu Hause hingen, werden an der großen Wand verloren wirken. Er steht auf und tritt aus dem Schlafzimmer in den Gang, der Parkett knarrt. Er öffnet die anderen Türen am Gang: Toilette, Badezimmer, Abstellraum, Wohnzimmer mit offener Küche. Schöne Wohnung, denkt er sich, danke für die Einladung, jaja, auf jeden Fall sehen wir uns bald wieder, bis bald, auf Wiedersehen. Gleich muss der Gastgeber aus dem Wohnzimmer kommen, gleich muss Jakob ihm zur schönen Wohnung gratulieren, gleich ist er zur Tür hinaus, doch dann steht er plötzlich in der Küche und hat diesen grünen Klebezettel, auf dem „Willkommen zu Hause" steht, in der Hand. Wie ertappt. Er hat die Nachricht schon vorher gesehen, als er in die Wohnung gekommen ist, mit seinen zwei großen Reisetaschen und der noch warmen Lasagne in der Plastikbox von seiner Mutter in der Hand. Er sieht die Haftnotiz an, wie der Zettel sich aufwellt an den Enden, wie der Klebestreifen an seinem Finger hält, dann öffnet er die Balkontür vom Wohnzimmer und tritt auf einen kleinen Erker. Eine Wohnung mit Blumensträußen und Doppelbetten mit geblümten Pölstern. Er steht im vierten Stock, unter ihm treffen die Josefstädter Straße und die Strozzigasse aufeinander, gierig stehen sie an den Ampeln, diese silbernen VWs und schwarzen Audis und stieren sich an, es wird grün, nun muss die Strozzigasse warten. Aus einer Weinbar auf der anderen Straßenseite kommt Salsa-Musik.

Es hat begonnen zu regnen. Jakob schließt die Balkontür und sieht durch das Fenster weiter nach draußen. Er holt seine Polaroid-Kamera aus der schwarzen Reisetasche, die noch in der Wohnzimmertür steht, und fotografiert den Fernseher auf dem Glastisch mit Rollen, die Topfpflanze in der Ecke, die großen Umzugskartons. Er drückt einfach ab und legt die Fotos verkehrt auf den niedrigen Couchtisch. Drei Euro das Foto, aber daran denkt er jetzt nicht, er fotografiert und als es läutet, sitzt er mit den Fotos in der Hand auf dem Sofa, er hat kein Fotopapier mehr. Luisa ist da. Er hätte Blumen kaufen sollen. Oder Schokolade.

Als er ihr die Tür aufmacht, öffnet er eine fremde Wohnung.
„Schön, dass du da bist", sagt sie und streckt sich ihm entgegen. Sie riecht nach frischer, kalter Luft. Jakobs Blick fällt auf die zwei vollen Einkaufstaschen in ihrer Hand.
„Wann sollen wir das denn alles essen."
Luisa zieht die Schuhe aus und lässt ihre nasse Jacke auf den Parkettboden fallen. Luisa und ihre hellen graublauen Augen, wie gefärbt. Luisa und ihre Wolljacken und Schals, meistens mehrere, übereinander, durcheinander. Luisa und ihre Fernsehabende und Wohnungen mit geblümten Pölstern. Jakob trägt die Einkäufe in die Küche.
„Der Wein ist für heute Abend, dachte ich", sagt Luisa. Sie geht ihm hinterher, läuft beinahe. „Und die Tomaten für morgen. Wir können Nudeln machen."
Sie benennt laut jedes Nahrungsmittel, das sie in den Kühlschrank und in den Schränken verräumt, Jakob drückt sie an sich und küsst sie. Ihre Haare sind nass und kraus, sie muss zu Fuß nach Hause gekommen sein. In der Wohnung im Stock darüber ist es jetzt ruhig.
„Morgen. Verrückt", sagt Jakob. Er löst sich aus der Umarmung und sucht nach einem Flaschenöffner für den Wein. „Da fängt alles an."

Luisa nickt. „Gut so, oder." Jakob sieht aus dem Fenster, es dämmert und die Nacht legt sich über die Häuser. In der Dunkelheit leuchten die Menschen heller.

Er setzt sich wieder auf die dunkelblaue Couch im Wohnzimmer, während Luisa von ihren letzten Tagen erzählt. Das Semesterticket für die U-Bahn, das Einkaufen im Möbelgeschäft, die Begegnungen auf der Uni. Die Auswahl der Couchfarbe. Blau, weil rot zu grell und grau zu langweilig ist. Und man muss an die Flecken denken. Jakob nickt. Ab morgen ist er Student. Warum ist er nicht genauso stolz darauf wie Luisa, warum kauft er nicht genauso gern blaue Sofas wie Luisa, warum freut er sich nicht auf den nächsten Tag wie Luisa. Als sie ins Bad geht, bleibt er auf dem Sofa sitzen, doch es ist ihm zu still, er hätte gerne Musik oder einen Fernseher, der funktioniert. Er steht auf und öffnet noch einmal die Balkontür, er muss kurz an der Tür ziehen, damit sie aufspringt. Er tritt auf den Erker. Es ist kalt. Die Windschutzscheiben der Autos spiegeln das orangefarbene Licht der Straßenlaternen wider, die Menschen ziehen lange Schatten und Geschichten hinter sich her. Die Ampel steht auf Rot. Jakob tritt vor zum Geländer. Und wenn er jetzt spuckt, trifft er dann den grünen Regenschirm oder den Erker im vierten Stock. Er holt eine Packung Zigaretten aus dem Seitenfach der Reisetasche und stellt sich wieder auf den Balkon. Er stützt sich auf dem Geländer des Erkers auf, er beugt sich vor und fragt sich, wo der Punkt ist, an dem das Gleichgewicht aufhört und der Fall beginnt. Der Rauch verfliegt schnell im Abend. Ein bisschen wild fühlt sich Jakob immer mit einer Zigarette in der Hand.

2

Als Jakob am nächsten Morgen aufwacht, ist er zu spät und er weiß es sofort. Im Schlafzimmer lehnen die Nachtkästchen noch verpackt in der Ecke, Luisas

Hose und T- Shirt liegen am Boden, Jakobs Handy irgendwo darunter. Warum dieser Wecker nicht läutet. Er schlägt die Decke zurück und geht aus dem Zimmer, Luisa dreht sich zur Seite. Schnell zieht er sich an, die Hose, das T-Shirt, der Pullover vom Vortag, die Tasche, die Haare, ein Kaugummi, dann fällt die Tür hinter ihm zu laut ins Schloss. Kurz denkt er an Luisa.

Die U-Bahn ist groß, fremd und stinkt, Jakob setzt sich ans Fenster auf einen Vierersitz. Ihm gegenüber sitzt eine Frau, die noch die Nacht unter den Augen trägt, schwarz, grau, violett müssen ihre Erinnerungen sein. Sie sieht aus dem Fenster, ihre Augen versuchen schneller als die Bahn zu sein, schwarz in schwarz zieht der Tunnel vorbei. Die Stationen blitzen hell auf. Als er die Treppen von der U-Bahn-Station hinaufgeht, das Tageslicht verstörend hell, baut sich auf einmal das große, weiße Gebäude vor ihm auf. Hauptuniversität. Er bleibt kurz davor stehen, er stockt im Schritt, er, ein Student. Dann schüttelt er den Kopf und betritt das Gebäude. Die Gänge sind breit und hell, wie in seiner ehemaliger Schule.
„Einführung, Erstsemestrige?" Der Portier nickt nur und zeigt nach oben, Jakob folgt den Pfeilen die Stiegen hinauf und die Gänge entlang, doch er versteht nicht, ob die Bezifferung der Hörsäle einer Logik folgt. Er geht wieder hinunter, wieder hinauf, er folgt einer Gruppe Mädchen einen Seitengang entlang, wieder zurück, wieder hinunter. Als er erneut beim Portier vorbeikommt, setzt er sich auf eine Bank vor dem Sprechstundenzimmer.

Er lehnt sich zurück und drückt seine Finger so fest gegen die Schläfen, dass es noch weh tut, als er wieder lockerlässt. Jakob und seine Entscheidungsschwäche beim Eisessen. Jakob und seine langen, dunklen Hände, mit Adern zerfahren, zerrissen. Jakob, der am ersten Unitag zu spät kommt. Eine Tür öffnet sich, eine Gruppe von jungen Menschen mit Umhängetaschen drückt sich hinaus. Jakob schließt die Augen. In der Einführungsveranstaltung schütteln sich seine Kommilitonen vielleicht gerade gegenseitig die Hände oder lächeln sich zu, weil sie nicht wissen, ob ein Grüßen zu sehr verrät, dass sie nach Freunden suchen. Vielleicht erzählen sie sich gerade wie sie heißen, woher sie kommen und wie alt sie sind oder vielleicht sind sie schon bei den Hobbys und bei den schärfsten Mädchen im Hörsaal.

„Gefunden?" Der Portier hebt ein wenig den Kopf, er ist in seinem Drehstuhl tiefer gerutscht.

Jakob nickt. „Danke."

Er wartet darauf, dass es wie in der Schule läutet, doch die Studenten scheinen sich ohne Glocke zurechtzufinden. Als ein Schwall von Studenten die Treppen hinunter kommt, verschwindet er mit ihnen wieder nach draußen. Die Straßennamen und die Menschen sind ihm fremd, er biegt nach links und geht die Straße hinauf. In den Straßen werden Putzmittel in Putzmittelgeschäften und Kameraobjektive in Kameraobjektivgeschäften verkauft. Dazwischen, in den tiefen Hauseingängen, verstecken sich Erotikläden und Brautmodengeschäfte, in den verstaubten Auslagen stehen handgeschriebene bräunliche Preiskärtchen. Jakob fragt sich, was die Verkäufer den ganzen Tag machen, wenn keine Kunden kommen. Jakob bleibt vor einer Auslage stehen, er könnte sich neues Polaroid-Fotopapier kaufen. Er könnte auch zurück zur Universität gehen.

Den Platz, an dem er sich zu Mittag mit Luisa verabredet hat, findet er mehr zufällig. Im asiatischen Mittagsbuffet, das Luisa schon kennt, bestellen sie Litschisaft und essen Frühlingsrollen. Die laute Musik stört Jakob, vor allem der Panflötenverschnitt.

Luisa tupft das Fett von ihrer Frühlingsrolle mit der Serviette ab. „Und? Erzähl mal!"

An den Wänden des Lokals hängen Teller und Bambusbilder. Wie Luisa sich gefreut hat, als er die Aufnahmeprüfung in Wien geschafft hat. Jakob erinnert sich. Der Brief in seiner Hand, ihre großen Pläne, der Sekt mit der Familie, die Schulterdrücker.

„Gut." Er nickt, sein Saft ist zu süß, er braucht ein Wasser.

Luisa nickt, die Hälfte des grauen Inhalts ihrer Frühlingsrolle fällt wieder auf den Teller. „Hast du schon wen kennengelernt?"

Jakob winkt die Kellnerin zu sich, Wasser, dringend. Ihm würde der Name Matthias gefallen. Oder Bernd.

„Nein. Bin dann gleich weg", sagt er und steht wieder auf, um sich am Buffet mehr lauwarme Frühlingsrollen zu holen.

Als er sich wieder setzt, hat Luisa sich zurückgelehnt und die Hände auf ihren Bauch gelegt. „Zu viel. Immer das gleiche bei diesen All-you-can-eat-Sachen."

Jakob lächelt und nickt, dann sieht er auf seinen Teller. Die Frühlingsrollen sind diesmal heiß. Wie der frittierte Teig auseinanderbricht, als er sie mit dem Messer durchsticht, wie das zerkochte Gemüse hinausdampft.

„Wir beide als Studenten, hm." Luisa sieht ihn an.

Jakob muss sich auf seine Frühlingsrolle konzentrieren. Er sieht sie an, schiebt etwas auf seine Gabel, etwas weniger, etwas mehr, bläst, bläst, noch immer heiß.

„Medizin wird dir sicher gefallen, ich glaub, das ist genau dein's."

Der Bissen war zu heiß. Jakob formt seinen Mund rund und öffnet ihn, atmet ein aus ein, nimmt einen Schluck Wasser, streckt den Mund nach oben. Zu heiß.

„Heiß?"

Jakob nickt. Er schluckt und hält kurz inne. Keine Fragen mehr.

„Und bei dir, wie war's so?", fragt er. Seine Zunge brennt noch immer. „Du hast noch gar nicht erzählt."

Luisa lächelt, darauf hat sie gewartet. Sie beginnt zu erzählen, von der Einführung, von dem Gefühl, endlich Studentin zu sein, von den hölzernen Sitzreihen, von dem Klopfen auf den Tisch als Applaus, bis Jakob sich noch Litschikompott holt. Schleimig, angenehm süß und kalt auf seiner verbrannten Zunge.

3
Die Stiegen vor der Uni müssen einmal weiß gewesen sein, jetzt sind sie grau und abgeschliffen, Jakob nimmt zwei Stufen auf einmal und zieht seinen Pullover tiefer. Er lächelt, als er die schwere Tür aufstemmt, am Vorabend: er und Luisa auf der neuen Couch. Dabei wollten sie doch das Regal aufbauen. Er bleibt vor dem Hörsaal stehen, den er sich am Vortag in seinem Kalender notiert hat, er ist etwas zu früh. Die meisten Studenten stehen in Gruppen zusammen, sie wirken nicht vertraut, aber bemüht. Ein einheitlicher Klang legt sich über die Gespräche, ein paar hohe Lacher stechen heraus, dumpf klingen sie an Jakob ab. Sie tragen Rucksäcke, Umhängetaschen. Jakob steht in etwas Abstand zu ihnen. Er möchte auf sie zugehen, vielleicht auf den einen mit dem Stirnband, vielleicht ein Bernd, aber sie werden ihn dann verwundert anschauen und dann, dann ein Hallo? Wie soll er Hände schütteln, wenn sie ihn verwundert anschauen, weil sie sich schon untereinander kennen und ihn nicht, alle kennen sich, und da sperrt ein älterer Mann im braunen Schnürlsamtsakko mit dazu passender Hose die Tür zum Hörsaal auf.
Jakob nähert sich der Tür, bleibt kurz vor der Tür wieder stehen. Die Menschen drängen sich an ihm vorbei und durch die Tür ohne die Gespräche zu unterbrechen, als ob sie schon immer Studenten gewesen wären. Die Sitzplätze im Saal drängen sich bis an die Decke aneinander. Das Pult mit dem Mikro wirkt klein im Gegensatz zur holzverkleideten Klappsesselfront. Die Bescheidenheit eines großen Herrschers. Der Hörsaal wird voll, sodass sich die Grüppchen neben andere setzen, manche müssen sich teilen. Die wenigen, die

allein nach vorne starren und Kästchen auf ihrem Collageblock ausmalen, sind die Übriggebliebenen. Jakob versucht sie sich alle vorzustellen: am Krankenbett, beim Röntgen, im grünen OP-Gewand, über Leichen gebeugt. Er hat einmal den weißen Mantel seines Vaters anprobiert.

„Rein oder raus?" Der Professor steht plötzlich neben ihm und hat die Türklinke in der Hand. Die müden Falten eines Arztes.

„Ich habe mich im Saal geirrt", sagt Jakob schnell, schaut ihm nicht in die Augen, als er sich umdreht. Die Tür geht hinter ihm zu, schwerfällig liegt sie im Schloss, doch etwas bleibt: der Nachhall im leeren Gang, sonst ist es auf einmal still. Nur Jakobs Schritte klingen am Mamor, als würde er Absätze tragen.

4

Schon als er zur U-Bahn-Station hinunter geht, beschließt er nach Schönbrunn zu fahren. Das letzte Mal war er als Kind mit seinen Eltern und seiner Schwester Sophie im Tierpark gewesen. Er erinnert sich noch an die Seerobben und daran, wie der Wärter kam, als Sophie seine Mütze ins Eisbärgehege geworfen hat, eine große, tiefe Stimme, massive, behaarte Arme Er denkt an einen Bären, der Wärter als Bär, als er in der Bahn steht, an einen großen, weißen, weichen Bären, nur nicht an den Hörsaal, nur nicht an die Gesichter. Als er umsteigt, sieht er auf sein Handy, Luisa hat geschrieben. Er steckt es gleich wieder ein und folgt den Menschen aus der U-Bahn-Station hinaus, ohne zu schauen, ob er richtig geht. Die Touristen bleiben beim Schloss stehen und fotografieren mit ihren winzig kleinen oder riesengroßen Kameras, Jakob geht an ihnen vorbei, frisierte Spazierwege, geschminkte Hunde, und findet bald den Eingang zum Tiergarten. Er wartet an der Kassa, hinter ihm lachen Besucher über die Jahreskarte. Eine asiatische Touristengruppe vor ihm wirkt verloren beim Ticketkauf. Jakob nimmt die Jahreskarte und dreht sich nicht mehr um.

Es beginnt zu nieseln und die Wege, Bäume und Tiere sind alle grau. Jakob sieht lange auf den Plan, bis er sich für eine Route entscheidet. Er möchte nichts verpassen. Er biegt nach links oben und sieht zuerst nur viel Wald, dazwischen einen Luchs, einmal ein Kaninchen. Er sucht das Tropenhaus auf der Karte. Mütter mit Kleinkindern, Pensionisten und ein paar wenige Touristen, sie alle wollen mit ihm die Eisbären sehen, die Löwen, die Affen, die Pinguine, doch die meisten mühen sich nicht weit in den Park hinein, sie bleiben auf den asphaltierten Hauptwegen stehen und starren die Giraffen an. Sie schwenken ihre Köpfe auf den dünnen, schmalen Hälsen nach vor und zurück und vor, wie im Taumel, manchmal zupfen sie dabei Grashalme aus ihrem Essenstrog.
Jakob bleibt bei keinem Gehege lang stehen. Wenn er sich nicht bewegt, beginnt er zu denken. Hektisch klappert er alle Tiere ab, die Raubkatzen, die Gorillas, die Pandas, die Schlangen, nur vor dem Nashornleguan im Tropenhaus bleibt er länger. Die Krallen und Beine wirken wie aufgequollene Wasserbeine, die Haut ist viel zu groß für den Körper, als wäre sie mehrfach übergeworfen worden. Das Chamäleon daneben wirkt zierlich und elegant mit seinen vorsichtigen Schritten, angemalt in auffälligen Farben, ein gelb verzierter Mund, grüne Streifen an der Seite, große, kreisende Augen. Jakob nimmt sein Handy und antwortet Luisa, dass er noch auf der Uni ist.

5

Die Seminare in Kleingruppen liegen ihm besser, da ist er sich sicher. Er hat sich einen Collegeblock gekauft, Stifte und sich etwas zurecht gelegt: Mandelentzündung. Er wird langsamer, als er auf die Uni zugeht. Schon wieder, denkt er sich, jetzt nicht stehen bleiben. Nur nicht stehen bleiben. Menschen gehen an ihm vorbei, sie könnten Studenten sein, wie er. Wenn er im Seminarraum sitzt, werden sie ihn anschauen. Sie werden sich umdrehen und ihn anschauen.

Vielleicht werden sie es unauffällig über die Schulter probieren und andere ganz offensiv, sie werden ihren Stuhl umdrehen und ihn anschauen und sich fragen, wer er ist.

Jakob bleibt stehen. Vor ihm schwingt die Tür auf und zu, sie wird weitergereicht, als dürfte man sie nicht fallen lassen, manche schlüpfen durch, ohne sie anzufassen. Sie werden im Unterricht sitzen und ihn anschauen, weil sie ihn nicht kennen. Wo er nur gewesen ist, werden sie sich fragen. Sie werden sich fragen, aber nicht ihn fragen, sie werden sich fragen: und das soll ein Arzt sein. Vielleicht werden sie miteinander reden und lachen. Jakob schüttelt den Kopf und geht weiter, kurz hat er die Tür in der Hand. Das Schlimmste wäre, wenn sie lachen. Wenn sie lachen und miteinander flüstern. Er starrt die Tür in seiner Hand an, schwer, glatt gegriffen, dann wird er von hinten gestoßen, er tritt zur Seite. Er sieht auf sein Handy, als hätte er etwas zu tun, dann beobachtet er die Menschen, die an ihm vorbei gehen, der Blick durch die Tür, sie sehen ihn nicht. Er dreht wieder um, als ihm kalt wird. Wenn er jetzt losfährt, kann er noch bei der Mittagsfütterung dabei sein. Er muss es Luisa sagen, beschließt er, als er in der U- Bahn steht, ihm gegenüber ein Mädchen, dessen Haarfarbe nach Erbrochenem aussieht, Männer mit Biergeruch in den Poren, sie wird ihn verstehen.

6

Die Wohnung wirkt größer, seit die Kisten ausgeräumt sind. In der Ecke steht eine kleine Palme, die Jakob zum Einzug geschenkt bekommen hat, der Fernseher funktioniert mittlerweile. Als Luisa nach Hause kommt, steht Jakob in der Küche und schneidet Zwiebel. Es riecht nach Kartoffeln, das Wasser kocht.

„Anstrengender Tag." Luisa lässt ihre Umhängetasche auf das Sofa fallen. „Ich hab gedacht, das ganze Mathe hab ich nach der Schule hinter mir."

Jakob küsst sie zur Begrüßung. Luisa drückt ihn an sich. Ihre Haare im Gesicht, vom Wind, von der Straße, sie streicht sie sich aus dem Mund. Ihre schöne, glatte Haut, golden im Licht der Wohnzimmerlampe, ihre Augen trotzdem groß, kalt. Wenn sie lächelt, starren die Leute fasziniert. Dieses Lachen und die eisigen Augen, da passt was nicht zusammen. Jetzt könnte er es sagen.

Luisa lehnt sich an den Kühlschrank. „Heute waren Kontrolleure in der U-Bahn, einer ist gelaufen, sie ihm hinterher."

Jetzt, denkt Jakob. „Wirklich?", sagt er.

Draußen ist es schon dunkel, Jakob würde gern eine rauchen. Er deckt den Tisch, während Luisa die Kartoffeln schält und Butter in den Topf mischt. Wenn er es jetzt sagt, dann hat er es geschafft.

„Magst du ein Bier?" Luisa sieht heute besonders gut aus, fällt Jakob auf. Das schwarze Kleid, hochgeschlossen, kurze Ärmel, ihre langen, zarten Arme. Die kleinen Oberarmmuskeln. Was soll passieren. Sie wird ihn verstehen, er tut sich eben schwer mit Anfängen, das weiß sie, sie weiß es und er weiß eben nicht so recht, ob Medizin und so, ob alles und so. So wird er es ihr auf jeden Fall sagen. Er hebt die Stimme, das erste Mal weiß er, was damit immer gemeint ist, er holt Luft und hebt sie, drückt sie hinaus und „Luisa, wegen…"

„Ach, bitte." Luisa hat zu wenig Butter genommen, die Kartoffeln sind trocken, das sieht Jakob gleich. „Du musst mir nicht helfen. Ich schaff das schon mit Mathe und so."

Jakob hält inne. „Aber .."

„Jakob, wirklich nicht." Jakob sieht Luisa an, sie steht neben ihm und mischt mehr Butter in den Topf. „Lass uns essen, es sieht gut aus."

7

Jakob fröstelt es, als er durch den Tierpark geht. Er muss sich wärmer anziehen, in Wien weht ein eisiger Wind im Winter. Eine Tierpflegerin geht mit einer Schubkarre voll mit Kot vorbei. Mittlerweile hat er eine feste Runde: Die einheimischen Tiere lässt er aus, er geht zuerst ins Tropenhaus, dann zu den Elefanten, hinauf zu den Eisbären und Pinguinen und später zu den Giraffen, Koalas und Pandas. Um zwölf Uhr werden die Pinguine gefüttert, um zwei Uhr der Sibirische Tiger, dazwischen müssen sich die Affen und die Nashörner ausgehen. Die Geparden hat er heute noch nicht gesehen. Jakob geht am Reptilienhaus vorbei, die Geparden liegen drinnen, einer hat die Augen zu, der andere streift unruhig zwischen den Wänden hin und her.

Er ist ein schlechter Mensch, da ist Jakob sich sicher. Er hat noch öfters probiert, es ihr zu sagen, doch es hat nie geklappt. Wenn er den Mund aufmacht, fällt es ihm einfach nicht heraus, seine Zunge wickelt sich warm um die Worte, lauwarm im Mund, heiß im Hals, er verschluckt sich an ihnen.

Jakob geht rasch weiter, an Kinderwägen vorbei, das Herz schlägt ihm in den Hals, das Gesicht wird trotz der Kälte heiß, wahrscheinlich auch rot. Wenn er stehen bleibt, kommen die Gedanken wieder.

Sein Handy läutet in der Manteltasche, seine Mutter. Er drückt sie ab, er will heute nichts von seinem Professor mit der Halbglatze, der ihn an seinen Onkel erinnert, wenn er laut wird, und von seinen Studienkollegen erzählen. Die Pandas fressen, ein ganzer Haufen Eukalyptus noch vor ihnen und trotzdem sehen sie schon müde aus, langsam führen sie die Halme zum Mund, kauen, nehmen den nächsten. Wenn er Luisa verlassen würde, wäre es einfacher. Er schließt kurz die Augen, als er sich auf die Sitzbank vor den Pandas setzt. Er allein in der großen Küche, er ohne Luisa auf der dunkelblauen Couch, er allein, wie er es ihr sagt, er allein, wie sie ihre Sachen packt. Luisas goldene, glatte

Haut am Abend. Ihn überkommt eine Gänsehaut, es fröstelt ihn. Morgen muss er eine Schicht mehr anziehen.

8

Abends kommt er oft vor Luisa in die Wohnung, er baut Regale auf, schlägt Nägel in die Wand und kocht. „Wir sind glücklich", sagt Luisa ihren Freundinnen. Sie zeigt ihm Fotos von schlafenden Studienkollegen in der Vorlesung, am Abend geht sie manchmal zu Stammtischen und Studiengangsfesten. Auch Jakob erzählt ihr von der Uni. Vom Glühweintrinken mit seinen Studienkollegen aus Deutschland und von dem Seminar, als der Professor einen Studenten an der Schulter rüttelte, weil er eingeschlafen ist.

„Das war was, wir haben gelacht", sagt Jakob und schüttelt den Kopf. Damals, als Bernd im Seminar einfach eingeschlafen ist.

„Ich möchte alle endlich mal kennen lernen", sagt Luisa.

Jakob nickt und räumt den Tisch ab. Jetzt sage ich es. Er sieht sie an.

„Weißt du", sagt er, „langsam gefällt es mir."

„Freut mich", sagt Luisa. „Das freut mich sehr. Ich weiß, du tust dir schwer mit Anfängen."

Jakob nickt und nickt, stapelt die Teller, sie stoßen aneinander, zu laut.

Er lässt den Stapel am Tisch stehen, richtet sich auf. „Gehen wir noch was trinken", sagt er.

Luisa sieht ihn verwundert an. „Jetzt noch?"

„Ja, jetzt noch. Warum nicht. Komm." Jakob geht in den Gang, holt seine Jacke. Wenn sie jetzt noch ein paar Gläser Wein trinken, vielleicht wickelt es sich dann leichter von der Zunge. Nur nicht in der Wohnung bleiben, nicht auf der dunkelblauen Couch. Vielleicht wickelt es sie dann leichter ein, vielleicht versteht sie es dann.

Luisa tritt zu ihm auf den Gang, nimmt ihren Mantel. „Manchmal", sagt sie, „habe ich das Gefühl, die Uni tut dir nicht gut. Obwohl es dir gefällt. Du bist so fahrig und unruhig."

Sie zeigt auf seine Schuhe. „Die sind ja ganz dreckig."

Auf dem Leder seiner Schuhe ist Schlamm eingetrocknet. Jakob stockt, rasch nimmt er ihr den Schuh aus der Hand und putzt ihn mit der Handfläche ab.

„Das ist nichts", sagt er. „Was soll es auch sein."

Luisa wickelt sich einen Schal um. „Gar nichts. Hab ich auch nicht gemeint. Wo willst du hin?"

Jakob reibt und reibt am Schuh, er spuckt darauf, wischt, kratzt, immer hektischer. Es riecht nach Kot. „Das ist einfach Dreck," sagt er bestimmt. „Ich hasse dreckige Schuhe."

9

Jakob steht vor der Uni und bastelt sich seine Freunde zusammen. Er würde den schmalen Jungen, der versucht sich mit Bart und Sonnenbrille Alter anzudichten, Max nennen und er würde ihn mögen, außerdem würde er auch noch den Blonden mit dem breiten Gesicht im olivgrünen Parka und dickem Schal dazuzählen, er würde Bernd heißen und aus Düsseldorf kommen. Mit ihm würde Jakob öfter Fußball spielen gehen, während Max Fußball nur im Fernsehen sieht. Aber natürlich würde Jakob Laura kennen, ein schöner Name für das schöne Mädchen mit dem kurzen knallroten Mantel, das allein vor dem Eingang wartet, findet Jakob. Aus der Entfernung hat sie keine Iris, so schwarz sind ihre Augen. Und Laura würde mit Bernhard zusammen wohnen, den würde Jakob nicht mögen, weil er ins Fitnessstudio geht und er auf Jakob herabsieht. Und niemand würde wissen, ob zwischen Laura und Bernhard etwas läuft, er glaube schon, würde er Luisa erzählen. Bernhard geht gerade auf den Eingang zu, sein Schritt fällt schwer und behäbig auf den Boden, seine Tasche hält er vor dem Körper. Er würde Partys machen und viele einladen, er würde alle Leute kennen, dafür keine gute Noten schreiben. Wir sind ein guter Jahrgang, denkt Jakob, während er auf der anderen Straßenseite steht.

Mit der Zeit kennt Jakob sich aus. Er notiert sich die Stundenpläne und Prüfungsvoraussetzungen aus dem Internet, er fragt in Foren nach Inhalten in Kursen. Wenn man Medizin studiert, hat man Vorlesungsblöcke am Vormittag, Seminare am Nachmittag und eine große Prüfung am Ende des Jahres. Wenn man Medizinstudent ist, trägt man oft Hemden und Bart und immer große Bücher. Jakob kauft sich eines und legt es auf den Schreibtisch in der Wohnung. Man lernt Chemie, Physik, Anatomie und Ethikgrundsätze. Luisa holt ihn manchmal von der Uni ab, Jakob wartet vor der Uni auf sie. Manchmal denkt er, er hat sich daran gewöhnt. Manchmal hat er das Gefühl, seine Haare riechen noch nach Elefantenstall und vielleicht hat sich in seinen Schuhen etwas verfangen, er wüsste nicht was, aber vielleicht sieht es nach Zoo aus. Er beobachtet Luisa, wenn sie ihn begrüßt, wenn sie neben ihm geht, ob sie ihn anschaut und manchmal denkt er, wie bequem es wäre, wenn sie ihn darauf ansprächte.

10

Der Zoo wird trister und grauer, je weiter es in den Winter geht. Die Besucher werden weniger, das Gelände wirkt ungepflegt, weil Laub und Schlamm sich auf die Wege und Gehege verteilt, wie um noch Schlimmeres zu verdecken. Auch die Tiere scheinen es zu merken, die Pinguine haben sich gegenseitig Fell ausgerupft und die Elefanten wandern noch monotoner ihre Kreise als sonst. Am liebsten bleibt Jakob bei den Eisbären stehen. Er fragt sich, wie es sich anfühlt, mit den Fingern durch das weiße Fell zu fahren, ob es fettig ist oder weich oder ob die Haare manchmal verfilzt sind. Für den Bären fällt Fleisch vom Himmel, er wirft sich ins Wasser und taucht danach. Irgendwann muss Jakob Geld verdienen. Irgendwann wird Luisa es erfahren müssen. Ganz oben auf den Felsen steht die Pflegerin mit einem großen Kübel. Es ist die Gleiche, die ihm damals mit der Schubkarre entgegen gekommen ist, sie ist ihm seit dem Beginn seiner Parkbesuche aufgefallen. Ihre Haare sind hellblond gefärbt, der Ansatz kommt dunkel nach. Wenn sie die großen Handschuhe auszieht, sieht Jakob ihre lackierten Fingernägel. Nur die olivgrüne Tierpark-Uniform lässt sie anonym zwischen den anderen Pflegern verschwinden, die blasse Augen und Haare haben, die im Braunton harmonieren. Vielleicht würde sie Lederjacken tragen und enge Jeans mit Löchern an den Knie tragen, wenn er ihr in der Stadt begegnen würde. „Elisabeth" steht auf ihrer Uniform, aber so hätte er sie nicht genannt, da ist er sich sicher. Sie wirft den Eisbären noch einen Brocken Fleisch zu, ihre Handschuhe sind blutig. Wenn er ihr in der Stadt begegnet, vielleicht in der Josefstädter, vielleicht am Naschmarkt, es fährt Jakob heiß über den Rücken, heiß die Beine hinunter, wenn er mit Luisa unterwegs ist. Wenn sie ihn grüßt, wenn sie ihn anlächelt und Luisa sich zu ihm dreht. Jakob sieht Luisas Blick, er hört sie fragen.

Manchmal stellt er sich den Moment vor, in dem er es sagt. Manchmal ist es das Gesicht seiner Mutter, das seiner Schwester, seiner Freunde zu Hause und manchmal das von Luisa. Sie würde so tun, als hätte sie es nicht verstanden. Oder vielleicht würde ihr Gesicht nach vorn fallen mit offenem Mund, als wollte sie die Nachricht wieder erbrechen. Oder sie würde sich umdrehen und gehen, wie Jakob es tun würde. Jakob stellt es sich vor, wie sie auf der dunkelblauen Couch sitzen, links die Topfpflanze, rechts der Fernsehtisch. Er würde nahe kommen und es ihr sagen, wahrscheinlich langsam, vielleicht stockend und umständlich. Er glaubt, sie würde wenig sagen. Sie würde nicht schreien, obwohl das Jakob lieber wäre, sie würde langsam sprechen und vielleicht zu Boden schauen und dabei mit ihren Händen so durch die Haare fahren, dass sie streng gespannt sind. Vielleicht ist es leichter, wenn er sie verlässt.

11

Als Luisa Geburtstag hat, schneit es schon in Wien. Der Zug nach Graz hat Verspätung und Luisa und Jakob starren aus dem Fenster, sie sitzen sich gegenüber. Jakob macht es nervös, wie dick und unrhythmisch der Schnee auf die Gleise fällt, er ist von der Natur Gleichklang gewöhnt. Luisa lernt auf der Fahrt, Jakob sagt „Hier kann ich mich nicht konzentrieren" und sieht die ganze Fahrt nach draußen und beobachtet, wie die Bäume immer dunkler werden, aber die helle Schneedecke auf den Feldern es der Nacht nicht erlaubt, sie zu verschlucken. Er beobachtet Luisa, wie sie auf ihre Unterlagen blickt und Begriffe lautlos in den Mund nimmt und wiederholt, sie ist klug, das macht sie noch attraktiver. Luisas Mutter wird sie vom Bahnhof abholen, dann werden sie bei ihrer Familie zu Abend essen. Er wird von der Uni erzählen müssen. Häuser mischen sich unter die Bäume, die Lichter werden heller. Das erste Mal wieder zu Hause. Luisa blickt auf.

„In Wien will ich auch noch eine Feier machen, dann können wir mal alle einladen." Jakob nickt. Er weiß noch nicht, ob er Bernhard auch einladen würde, Marie auf jeden Fall. Vielleicht würde Max seine Freundin mitbringen.

12

Am Montag steht Jakob wieder vor den Eisbären. Es schneit und Jakob hat seine Haube vergessen. Er lehnt sich an das Geländer und denkt an sein Wochenende zurück. Es hat alles funktioniert. Er hat seine Freunde getroffen und sie haben sich Unigeschichten erzählt, sie wollten wissen, wie das in Wien wäre, mit den Vorlesungen, den Partys und den Mädchen. Am Abend ist ihm schwindlig geworden von Fernet und Erinnerungen und später lag er das erste Mal seit langer Zeit allein in einem Bett. Es falle ihm schwer nach so einem Wochenende wieder in den Unialltag zurück zu finden, hat er Luisa in der Früh gesagt. Die hellblonde Pflegerin wirft große Fleischstücke ins Wasser, der Eisbär sieht dem Flug des Fleisches nach und beugt sich so lange vornüber, bis er ins Wasser fällt. Das Wasser spritzt zur Seite, ein altes Ehepaar neben Jakob macht „oh". Es wäre schön, wenn Max und Bernd auch da wären, die Fütterungen würden ihnen gefallen. Die Tierparkbesuche werden nicht langweilig, aber einsam. Die Koalas und Pandas schlafen heute nur, so beschließt Jakob nicht mehr die Robbenfütterung abzuwarten und früher nach Hause zu fahren. Ein Professor ist krank geworden. In der U-Bahn setzt er sich in die hinterste Ecke, von wo aus er den ganzen Wagen beobachten kann. Man wird ihn zu den Schwarzfahrer-U-Bahn-Menschen zählen, denkt Jakob. Als die Bahn die Station erreicht, an der er von der Uni umsteigen würde, setzt er sich weiter nach vor, Bernd nimmt neben ihm Platz und sie reden nicht über die Vorlesung von vorhin, denn sie haben andere Themen, sie sind ja schon gute Freunde.

13

Es ist ein Samstag oder ein Sonntag, Jakob wird sich nicht genau erinnern. Dabei hätte es noch ewig Freitag bleiben können. Luisa trägt noch ihr

Nachthemd am Frühstückstisch, sie hat die Toasts verbrannt. Jakob ist für die Eier zuständig, Luisa klappt mit dem Messer den oberen Teil des Eis wie einen Deckel um.

„Du siehst müde aus." Luisa legt ihren Eierlöffel nieder und salzt ihr Ei, weiße, dicke Salzkörner in den tieforangen Dotter. „Du warst doch gestern gar nicht aus."

„Ich weiß nicht", sagt Jakob. „Eine lange Woche."

Luisa fasst ihm auf den nackten Oberschenkel, er hat sich noch nicht angezogen.

„Manchmal habe ich das Gefühl, dir ist das alles zu viel. Uni und so. Immer der Stress."

Jakob bestreicht seinen Toast mit Butter. Er hält das Messer mit dem Stück Butter so lang auf den Toast, bis es schmilzt, dann schmiert er es in alle vier Ecken, vorsichtig, nur dass der Toast nicht einbricht, die harte Oberfläche in den weichen Toast, nur dass er nicht einbricht. Er muss sich konzentrieren.

„Findest du nicht, Jakob?", fragt Luisa noch einmal.

„Finde ich nicht", sagt Jakob, er sieht sie nicht an. Er isst seinen Buttertoast, den zweiten schneidet er in Streifen und taucht ihn in das flüssige Eigelb. Der Toast ist ihm gut gelungen.

„Ich möchte heute was unternehmen, wir müssen mal raus", sagt Luisa und schenkt sich Kaffee ein. „Hast du Zeit?"

„Ja," sagt er. Auch das Ei ist ihm perfekt gelungen. Das Eigelb ist richtig flüssig, das Eiweiß schon ein bisschen hart.

„Wir könnten nach Schönbrunn fahren." Das Eigelb von Jakobs Toast tropft auf seinen Teller, auf den Tisch, heiß auf seinen nackten Oberschenkel.

Luisa beginnt den Tisch abzuräumen. Jakob hält das laute Geräusch des aneinander schlagenden Geschirrs nicht aus. Er isst doch noch, wieso räumt sie schon ab, er hat noch Kaffee und Toast und das Eigelb, heiß, auf seinem Oberschenkel.

„Was meinst du, Schönbrunn?" Sie geht in die Küche, stellt die Teller ab, kommt wieder.

„Gut", sagt er dann. Als er fertig gefrühstückt hat, geht er ins Bad, zieht sich aus und duscht sich heiß, sodass seine Haut rot anläuft. Als Luisa das Wasser in der Küche abdreht, wird es noch heißer, es brennt, doch das stört Jakob nicht. Er ist noch nie am Wochenende im Tierpark gewesen. Ob die Pflegerin auch heute arbeitet. Ob die alte Oma mit den Brotstücken am Wochenende auch in den Park kommt. Ob der Leguan sich heute auch hinter dem Baumstumpf versteckt. Lang steht er vor seinem Schrank, bis er sich entscheidet. Er weiß nicht, was Luisa währenddessen macht, er muss ewig brauchen, vielleicht gibt es sie auch kurz gar nicht. Jakob nimmt ein kariertes Hemd und frisch gewaschene Jeans heraus und sieht noch einmal in den Spiegel, bevor sie das Haus verlassen. Es ist anders, als er es sich so oft gedacht hat. Er würde noch Max fragen, ob er und seine Freundin Lust hätten mitzukommen, sagt er zu Luisa am Weg zur U-Bahn-Station. Dann könnten sie sich endlich kennenlernen. Das wäre doch nett.

Jakob und Luisa stehen lange vor dem U-Bahn-Plan, bevor sie herausfinden, wie sie am besten nach Schönbrunn kommen. Jakob wartet, bis Luisa den besten Weg findet. Die Bahn fährt eine kurze Zeit über der Erde, vorbei an kleinteiligen Schrebergärten. Es scheint zum ersten Mal seit langem wieder die Sonne, hell, provokant streckt sie sich gegen den vereisten Schnee. Jakob kennt diese Gärten und Häuser. Trotzdem sieht er während der Fahrt nach draußen und merkt deshalb erst spät, dass Luisa ihn ansieht. Sie lächelt. Das gelbe Licht fällt ihr ins Haar und ins Gesicht, das Lachen macht ihr Gesicht weich, sogar ihre Augen heute.

„Ich bin gespannt, was einmal aus uns wird, Jakob", sagt sie und ihm fällt auf, wie gern sie seinen Namen sagt. „wir haben's so schön." Die Sonne füllt den ganzen Waggon, dann geht es auf einmal furchtbar schnell. Die Schwärze des Tunnels greift nach der gelben Sonne und schiebt den Zug weiter durch den Schacht, als ob das normal wäre.

Marlene Schulz / Suzan Singer-Schulz

ALKE STACHLER

Drei Gedichte

schneeweißchen & rosenrot:

zwei rosenbäumchen vor dem haus. dem haus das im wald steht. wald der atmet. wald der röchelt. wald der tropft & taut & gräbt. der gräbt in deinem innern bis es sich dreht & spreizt wie eine rosenblüte: morgenrot ziegelrot beerrot blutrot mit stufen. verwunschenes rot rotes fleisch. wild. rehe im wald mit körpern wie aus glattem holz. glänzendes gespaltenes gefeiltes holz. körper wie speere. die stecken im weißen licht am fransen ufer des walds. schuppiges gefaltetes licht. licht das fäden zieht: geschichtet gestapelt wie die blüte einer rose.

im wald gibt es einen kern der nie trocknet. um ihn herum ordnen sich schichten im kreis: schichten von halmen & scharnieren & erde & stücken von durchgeschnittenem licht. licht das geschliffen ist das farben trägt die es nicht gibt. das fasrig ist sich zieht in fäden & knoten über den boden die stämme das dach. das blätterdach wie weggebissen & licht das webt das knickt das schmilzt. das grüne perlen bildet eine ziselierte grünskala perlenskala die klettert wie ein haarriss durchs harz. & eine faltkante überm laub: plötzlich ein mehliger himmel durch die knöchel der bäume fahrend. am boden eine schwarze spirale der fußabdruck: ein sog ein geräusch nach unten unten.

wenn man die puppe kippt, schief hält wie eine rampe, dann schneidet sie die luft & teilt sie in zwei stücke. ein brummendes pfeifen kommt aus der porzellanhöhle ihres körpers. das gesicht der puppe glänzt & ist weiß & hart wie ein waschbecken. würde man sie auf den boden werfen würde das gesicht auseinanderfahren & die stücke von nase schläfen stirn eine sternförmige bewegung beschreiben. wenn sie schief in der luft steht, hat sie die augenlider halb geschlossen & schaut stur & benebelt durch menschliches fleisch dächer oder erde. die augen sind gestreift & jedes haar fängt die sonne einzeln. wenn man sie an die wange drückt oder den bauch, ist sie eine wand: kühl wie mehl schnee alabaster.

MANFRED PRICHA

fließtext

und es fließt aus den öffnungen
alles fließt heraus ist im fluß
nichts zu verstopfen das verflossene
fließt in strömen heraus bächeweise
aus den geöffneten ohne schleuse
becken mit wasser ganze staudämme
keine dämmung kein halten zuhalten
aufhalten anhalten den strom
voller kraft in allen fällen wasser
so mächtig hin- und weggerissen
elektrisiert von der macht den atomen
den molekülen einfachster bauweise
tropfen und wolken und regen
ein bruch in der spalte zu öffnen
gelingt einerlei mancherlei vielerlei
flüssigem und überflüssigem
ein kreislauf von geld und liebe
tür und tor jenseits des hebewerks
und diesseits der schranke und balken
bahnen ausgerollt ohne ende

CAROLIN FABISCH

Verändert das Lesen die Sicht auf die Welt?

Während vieler lesend mit einem Buch in der Hand verbrachter Stunden schleicht sich eine Frage, wie ein wisperndes Raunen, in unsere Gedanken ein. Eine Frage, die uns innehalten und darüber nachdenken lässt, welchen Sinn diese in Sesseln oder in Bibliotheken verbrachte Zeit erfüllt. Was gibt sie uns greifbares? Wofür sensibilisiert und was bewirkt sie, diese eintönig wirkende Beschäftigung - was verändert sie?

Hin und wieder überkommt uns nach langem Lesen der Gedanke, vielleicht bloß Zeit verschwendet zu haben, während wir den Blick trotzdem nicht von den bedruckten Seiten wenden können. Doch aus welchem Winkel unseres Bewusstseins geht dieses Gefühl hervor?

Entsteht es vielleicht aus dem Vergleich manch zäher, langatmiger Lektüren zu solchen, auf deren Fluss aus Worten wir uns treiben lassen können, deren Strömung uns mit sich zieht?

Sodass uns durch erstere teils die Freude am Lesen genommen, ebenso aber bewusst wird, dass während wir uns mühsam durch die Zeilen kämpfen, zum Ende hin, mit der letzten Seite, erleichternd aufatmend, unzählige andere Bücher, darauf wartend aufgeblättert zu werden, die verstaubten Regalreihen füllen.

Es sind ganze Welten von Büchern die sich dort aneinander reihen, in die wir uns im einem Moment stürzen, um im nächsten daraus aufzutauchen und gleich darauf wieder in einer anderen zu verschwinden. Bücherwelten, die uns nicht nur eintauchen lassen, sondern uns auch einen Schritt hinter den Vorhang aus Worten gewähren und unserer Sichtweise so, durch den Einblick in den Hintergrund, die Eindimensionalität nehmen.

Bücher geben uns die Möglichkeit uns, während wir lesen, von unserem Platz in der Bibliothek zu lösen, uns unserem neugierig über das Buch gebeugtem Körper zu entziehen, um uns in eine andere Welt zu schlängeln, und eingehüllt in den warmen Mantel eines Inuit oder unter dem Federschmuck eines Indianers wiederzufinden.

Durch „[das] Vermögen [des Schriftstellers], uns zu Akteuren und Zuschauern zugleich zu machen; sein Vermögen, mit der Hand in einen Charakter zu fahren, als wäre er ein Handschuh"[1] wird den Lesenden die Möglichkeit gegeben, statt bloß mit den Augen den Blick *auf* etwas zu richten, *durch* die Augen einer Vielzahl von Charakteren das Leben zu betrachten.

So können wir in manchen für uns selbst noch nicht definierten Gefühlslagen und Empfindungen Bestätigung zwischen den Zeilen oder in Person der Figuren finden. Wir können versuchen, ihre Rolle einzunehmen, wie sie zu sein, um dabei schlussendlich vielleicht uns selbst zu finden.

Und manchmal, mit dem Umblättern der letzten Seite, schleichen sich diese Figuren, die eingehüllt in einer Welt aus grauen, von der Fantasie gefärbten Buchstaben leben, auch in die unsere ein. Die schattenhaften Gestalten werden unsere ständigen Begleiter, die Ersatz leisten, wo in unserer Welt Lücken klaffen und uns Vorbilder sind, wo wir versuchen, diese Leere zu überbrücken. Sie suchen sich einen Platz auf unserer Schulter um uns von da aus ihre Geheimnisse und Geschichten flüsternd in Erinnerung zu rufen. Geschichten, gelesen mit neugierigen, jungen Augen und unbefangenem Blick, deren Bedeutung ihrer aus Wortgespinsten geflochtenen Mysterien sich meist erst mit der Zeit entschleiern. Es handelt sich um Rätsel, über deren Lösung wir entweder zufällig stolpern, oder die sich nur durch unsere ständige Suchen nach Antworten, die uns anhält, neugierig zu bleiben und die Augen zu öffnen, aufschlüsseln lassen.

So beginnen wir mit der Zeit die Bücher, deren Nachhall noch immer in unseren Köpfen umherschwirrt, als ein Ganzes zu verstehen und lernen die Welt und unser Umfeld in ihrer Gesamtheit zu betrachten. Der Leser also schärft seinen Blick, er filtert ihn auf das Wesentliche und erhält auf diese Weise einen festen Halt, der sich nicht durch einen noch so starken Sturm aus Affekten über verzweigte Details oder Gerüchte ins Wanken bringen lässt.

---

[1] Virginia Woolf, „Wie sollte man ein Buch lesen?", Yale Review, Oktober 1926

Zudem können wir während wir lesen, oder auch später, wenn sich bereits andere Bücher über den uns von klein auf begleitenden Geschichten stapeln, Hand in Hand mit unseren früheren Helden, inmitten all der Begebenheiten des Alltags eine Zuflucht zwischen den knisternden Seiten finden.

Jedoch ist diese Art von Refugium, aus Worten gebildet, nicht stabil genug, dass der Flüchtling hinter der Fassade aus blauem Dunst auf tragendem Boden einen festen Halt fände. Bücher nämlich können zwar von wahren Angelegenheiten erzählen, von dem Leben anderer Personen, von wahren Begebenheiten, jedoch ist all das etwas, das für andere Menschen, nicht aber für uns eine Realität darstellt. Für uns sollte das Lesen bloß etwas sein, das unser Blickfeld zwar an den noch schattigen Stellen erhellt, das es nährt oder stellenweise eine Grundlage dafür bildet, nicht aber etwas, das es einzig ausfüllt. Denn wenn wir das tun, füllen wir unser Umfeld mit für uns ungreifbaren Dingen, wir verzerren und entstellen es, und täuschen damit letztendlich uns selbst! Vielleicht also kommt es genau darauf an, „dass man die richtige Balance zwischen den Freuden der Flucht und dem Bewusstsein der Täuschung"[2] findet.

Es sind also nicht *nur* Versteck und Zuflucht, die wir in Büchern suchen sollten und auch nicht allein Trost und Erleichterung, die wir uns von ihnen erhoffen dürfen.

Als Lesende sollten wir nicht nach etwas suchen, dass sich wie ein Kokon um uns spinnt und in sich vor der Welt verschließt, sondern nach einer Unterstützung, dieses schleierhafte Gewebe zu durchbrechen.

Vielleicht sollte man sogar, wie Kafka schreibt, „nur solche Bücher lesen, die einen beißen und stechen. Wenn das Buch, das wir lesen, uns nicht mit einem Faustschlag auf den Schädel weckt, wozu lesen wir dann das Buch? Damit es uns glücklich macht […] ? – [G]lücklich wären wir auch, wenn wir keine Bü-

---

[2] Reif Larsen, Die Karte meiner Träume S. Fischer Verlag, 3. Auflage 2009

cher hätten"[3]. Sie sollen uns wachrütteln und Impulse geben, unsere Vorurteile zu vertreiben, dass wir uns von dem auf unserer Netzhaut eingebrannten Schemata und den Mustern, die wir schablonenhaft auf die Welt zu legen versuchen, distanzieren. Wir sollten uns durch die Bücher von diesen Betrachtungsweisen loslösen und uns befreien von unserer Voreingenommenheit, wir sollten unbefangener und einsichtiger werden, dabei jedoch kritisch bleiben.

In dieser Hinsicht gibt es noch etwas anderes, das wir uns von unseren Lektüren versprechen können, das unsere Augen auf etwas Neues, Unbekanntes, vorher noch nie Wahrgenommenes richten kann. Etwas, dass uns aufklären kann über all das, was uns fremd erscheint, da wir noch nie zuvor damit in Berührung kamen und über das wir deswegen unwissend und meist vorurteilsbehaftet zugleich sprechen.
Wenn wir uns von den Büchern mit auf Reisen nehmen lassen können sie uns aus diesem nebeligen Dunst um uns herum heraus in die Ferne ziehen. Wer nämlich reist, der muss die Augen offen halten. – Und sind Lesende nicht in gewisser Weise Reisende? Lesereisende, die zwischen den Geschichten pendeln, wie Reisende zwischen Orten - jedes Buch ein anderes Land, eine neue Kultur. Sie durchstreifen die Welt durch die Bücher, anstatt sie tatsächlich zu bereisen, wandelnd nicht auf den asphaltierten sondern auf den von Worten des Alphabets gepflasterten Wegen, versucht, die Brücken zwischen den Buchdeckeln zu überqueren. Hierbei versperren den Lesenden keine hindernden Grenzen, weder temporäre, noch durch die Realität bedingte Hindernisse, den Weg. Grenzen, wie sie ein Reisender mit seinen Wanderschuhen nicht zu überwinden weiß.

---

[3] Brief an Oskar Pollak, 27. Januar 1904, in: Franz Kafka: Briefe 1902-1924. S. Fischer Verlag

Obgleich aber auf Reisen zwischen den Büchern oder den Ländern dieser Welt liegt ein Unterschied dazwischen, ob man als Tourist lediglich die Sehenswürdigkeiten aufsucht, oder sich auch tiefer, in die Herzen der Länder wagt. Ob man seine Regale mit typisch touristischen Souvenirs oder aber mit individuellen persönlichen Andenken füllt, ob man sein Bücherregal anhand der Bestsellerlisten bestückt, oder sich auch einmal fernab dieser orientiert. Denn jeweils letzteres ermutigt uns darin, offener zu werden, um unseren Fokus weiter auszulegen.

Dabei bildet das Lesen jedoch bloß die ersten Schritte in Richtung der Kontur die sich am Rande der Reichweite unseres Blickfeldes abzeichnet und die Grenzen des für uns Vorstellbaren und Bekannten markiert.

Durch das Berühren des Randes unserer Welt mit dem der unermesslichen Weite des Unbekannten lernen wir aus den Büchern. Durch sie erhalten wir die Perspektive, uns individuell weiterzubilden, unsere Persönlichkeit zu prägen. Auf diese Weise kann es uns gelingen, dem Hauptstrom mit seinen unzähligen, blinden Mitschwimmern zu entfließen und fernab von diesem, in andere, tiefere Gewässer, auf der Suche nach dem, worauf sich unsere persönlichen Interessen ausrichten, zu tauchen.

Denn „uns [zu] sagen, wie wir lesen sollen, was wir lesen sollen, wie wir bewerten sollen, was wir lesen, heißt den Geist der Freiheit vernichten […]. Überall sonst mögen wir durch Gesetze und Konventionen gebunden sein – hier haben wir keine"[4]. Gerade in dieser Freiheit, den Fesseln der Konventionen sowie dem Einfluss und den Maßstäben anderer losgesagt zu sein, liegt die Möglichkeit, über die Grenzen des Wissens und der Erfahrungen, die uns durch die Menschen in unserem Umfeld vermittelt und weitergegeben werden, sowie über die des Schulwissens hinaus zu wachsen. In Büchern nämlich können wir Fragen stellen, mit denen wir uns bisher nie

---

[4] Virginia Woolf, „Wie sollte man ein Buch lesen?", Yale Review, Oktober 1926

konfrontiert sahen und Antworten erhalten, nach denen wir uns nie zu fragen getraut hätten.

Wir lernen unsere eigenen Prioritäten zu setzen, die sich verändern können – und das vielleicht sogar müssen! Denn eine Reise beinhaltet zugleich immer eine Wandlung auf dem Weg der Entwicklung. Eine Entwicklung sowohl in Hinsicht auf das Leben, als auch auf das Lesen.

Dadurch, dass wir neue Erfahrungen sammeln und dazulernen, lesen wir das Geschriebene nie mit den gleichen Augen. Das Erzählte wirkt immer wieder verändert auf uns.

Doch was uns zwischen den Buchdeckeln tatsächlich erzählt wird, welche Wendungen eine Geschichte nimmt, unabhängig der Versprechungen auf dem Rückband, können wir nie ganz voraussehen. Genauso wenig, wie wir bestimmen können, was wir in der Schule lernen oder abschätzen, was wir in der Realität an den Orten, die wir als unsere Reiseziele anhand bunter Broschüren wählen, tatsächlich zu Gesicht bekommen. Wir können nicht bestimmen, was rings um uns herum passiert und haben keinerlei Einfluss auf unser Umfeld, können die Menschen ebenso wenig verändern, wie die Landschaft und das, was sie umgibt.

Jedoch können wir beeinflussen, *wie* wir die Dinge, auf die unser Blick unausweichlich trifft, betrachten. Die Sprache, die uns in den Büchern verzaubert, nimmt unserem Blick die sich darin abzeichnenden strengen und ernsten Züge. Sie kann manchen Momenten durch ihre Verzauberung die Schwere nehmen, dem Alltäglichen Glanz verleihen und mehr Wert zusprechen, wobei sie den Leser ganz vergessen lässt, dass es sich eigentlich um eine belanglose, vielleicht sogar triviale Sache handelt. Wir lernen unsere Umwelt anders wahrzunehmen, wir lassen sie in einem anderen Licht erstrahlen und so den Hintergrund ebenso in neuen Tönen erklingen.

Die vollkommene Sicht auf die Welt nämlich bildet sich nicht ohne eine gewisse Hintergrundmusik. Das Gesagte, die Dialoge, die dem Geschrieben Leben einhauchen, die Geräusche, die die fantasiegemalten Bilder ausfüllen und an Farbnuancen bereichern, sensibilisieren uns dafür, genauer hin zu hören.

Durch die Sprache also, die den Klang der Melodie im Hintergrund angibt, distanziert sich der Leser von seiner, in ihrer Klarheit abgestumpften, Betrachtungsweise.

So variiert die Anschauungsweise des Lesers durch die vielen, unterschiedlichen Brillen, durch die ihn die verschiedenen Schriftsteller blicken lassen. Denn es ist nicht zwingend das Ausschlaggebende, wovon das Gelesene erzählt, sondern in welcher Weise es erzählt. Es kommt nicht auf den tatsächlichen Wert der Dinge um uns herum an, sondern darauf, wie sie uns der Schriftsteller durch seine Brille erscheinen lässt.

Bezogen auf die jeweils individuellen Modelle an Brillen stellt sich die Frage danach, ob es überhaupt eine einzig richtige Art von Modellen geben kann, die unsere Sichtweise auf die Welt zu verändern weiß. Worauf käme es bei ihr an, wie ließe sie sich bestimmen? Schließlich steht nicht jedes Modell jedem.

Kommt es auf die Tönungsnuancen and, darauf, ob sie unser Umfeld abtönen, es in schützendes Dunkel tauchen, oder ob sie, je nach Grad der Sehstärke, unseren getrübten Blick schärfen? Welche Rolle spielen Marke und Designer des Modells? Sind es die ausgefallenen Schnörkel, die die Brille zieren, oder ist es vielmehr ihre Geradlinigkeit? Wechselt die Definition der richtigen Brille mit den Launen der Saison?

Oder ist es schlicht die Summe all dieser Modelle, die eine Veränderung unseres Blickwinkels ausmacht?

Eine Antwort auf diese Frage zu finden wäre viel zu persönlich, denn besitzen nicht wir alle, fern der Frage nach dem allgemein richtigen Modell, unser eigenes Lieblingsstück, sprich ein Buch, das uns persönlich am meisten bedeutet und „selbst, wenn [...] unsere Urteile [diesbezüglich] falsch sind, bleibt dennoch der Geschmack, der sensorische Nerv, der elektrische Schläge durch uns hindurchsendet, unsere wichtigste Quelle der Erleuchtung; wir lernen durch Fühlen"[5], lernen auf unsere Weise zu sehen.

Demnach sollte man Lesende nicht nach ihrer Lektüre bewerten oder verurteilen, denn wir kennen nicht ihre Absichten, mit denen sie ihre Wahl über das Buch, das sie lesen, getroffen haben; denn kommen nicht auch wir mit ständig wechselnden Absichten in eine Bücherei?

Wieso also sollte man so die Leseweise anderer verurteilen, ohne etwas über ihre Person, über ihr Leben zu wissen – auch, wenn einige Lesende von Büchern nicht das einfordern, was sie uns eigentlich geben können? Und vor allem wie sollte man dies, selbst als Kritiker, angehen, ohne sich dabei mit dem zu widersprechen, was uns durch das Lesen eigentlich vermittelt wird? Die Freiheit der unkonventionellen Offenheit eines weiten Horizontes.

Eine Sache jedoch, durch die unsere Sichtweise besonders beeinflusst wird, sollten wir uns von der Lektüre von Büchern grundsätzlich erwarten: dass sie nicht mit der letzten bedruckten Seite enden, sondern uns noch darüber hinaus begleiten; dass sie uns nachhaltig im Kopf bleiben, als wollten sie uns nicht loslassen und uns aufwühlen – nur dann verändern sie unsere Sichtweise und auch ein Stück unserer selbst.

Bücher mögen unsere Sicht auf die Welt beeinflussen und verändern, jedoch ist Lesen nicht das Gleiche wie Sehen. Das eine gestaltet sich komplizierter, während das andere Wirklichkeit ist – beides aber hängt unausweichlich mit dem Verstehen zusammen.

---

[5] Virginia Woolf, „Wie sollte man ein Buch lesen?", Yale Review, Oktober 1926

Bücher sind nicht die Welt, doch sie bilden ihren Hintergrund. Auch, wenn zu viele gelesene Wörter unseren Blick verschleiern, können sie uns dabei helfen, das, was wir um uns herum wahrnehmen, aufzufassen und zu verarbeiten, damit wir es verstehen können.

SCHLAFREISEN

Egal wo ich bin, ich schalte dazu das Handradio, das ich immer mit mir habe, ein und drehe solange am Rad, bis das Zurücklehnen vorstellbar wird. Da lehne ich schon im gepolsterten Sessel. Er gibt leicht nach. Von da an sind die Augen zu, und der Sessel ist vorstellbar. Er hält an. Die Kulisse bäumt sich auf. Nicht nur im Wald, sondern auch vorm Meer oder in einer Höhle. Und wenn ich ein Schaf mit Helm sehen will, dann geht das auch. Ebensogut kann ich der im Schafsgewande sein. Es gibt nichts schöneres, sitzt man neben kaltem Hausgemäuer. Selbst an der Innenseite angelehnt; ich dreh wieder herum, will Schlafreisen.

 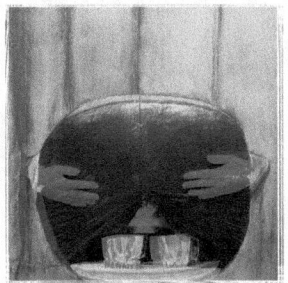 

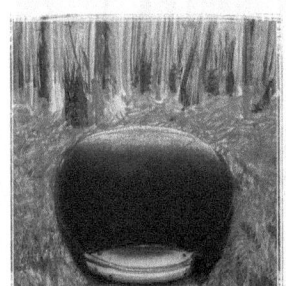  

Aufnahmen eines Schlafreisenden

KATHARINA WAGNER

Beitragende

Regine Koth Afzelius, 1962 geboren, lebt und arbeitet in Wien und im Weinviertel. Sechs Fremdsprachen. Studierte Architekur in Dänemark und an der Universität für angewandte Kunst Wien. 1997 Diplom. Webdesignerin mit Schwerpunkt Architektur und angewandte Kunst. Seit 2008 Leben auf dem Land, tritt mit dem Akkordeon auf, malt, philosophiert, gärtnert, schreibt. Derzeit an dem Roman 'Kadettenschach'. Veröffentlichungen in Literaturzeitschriften. *Mitglied der IG AutorInnen.*

Marina Büttner, Jahrgang '67. Seit 2004 in Berlin lebend, Buchhändlerin, Grundstudium Kunsttherapie, Poesie- und Schreibtherapeutin, frei-raum-schaffende Künstlerin. Schreibend, malend, zeichnend, collagenklebend. Beitrag Collage in Zeitschrift „Die Novelle" #2, Illustrationen für Zeitschrift „Metamorphosen" Nr.36 Ausstellung und Buchprojekte in Planung. www.marinabuettner.de

Carolin Fabisch, geboren am 22.10.1994 in Bielefeld, absolvierte ihr Abitur im Sommer 2013 an dem Gymnasium Schloß Holte-Stukenbrock. Während ihrer Schulzeit begeisterte sie sich sehr für die Literatur, weshalb sie sich bei Büchertreffs, Poetry-Slams und diversen Veranstaltungen sowie zahlreichen Projekten kreativ engagierte. 2012 belegte sie den ersten Platz des örtlich ausgeschriebenen Literaturwettbewerbes. Seit dem Wintersemester 2013 studiert sie nun an der Universität Bielefeld fachwissenschaftlich Literatur und Germanistik, wobei sie ebenfalls als freie Redakteurin des Campus Radios „Hertz 87.9" sowie nebenbei für die Tageszeitung tätig ist.

Marie Gamillscheg, geboren am 11. März 1992 in Graz. Studium der Transkulturellen Kommunikation in den Sprachen Französisch und Russisch. Als freie Journalistin bei verschiedenen Zeitungen und Blogs tätig (Die Welt, The European, Süddeutsche Zeitung Magazin, Café Babel). Zum Schreiben bei der Jugend-Literatur-Werkstatt Graz begonnen, dort zahlreiche Preise und Schreibwerkstätten gewonnen. Veröffentlichungen: In den Anthologien der Jugend-Literatur-Werkstatt Graz, in der Preisträger-Anthologie des Wortlaut-FM4-Kurzgeschichtenwettbewerbs 2012, in den LICHTUNGEN Band Nr. 136 2014

Nora B. Hagen ist klassisch ausgebildete Sängerin. Sie studierte in Hannover, Mannheim / Heidelberg und Münster Musik, Anglistik und Gesang und ist momentan als Konzertsängerin in Kirchen, Museen und auf Privatveranstaltungen tätig. Kurzgeschichten erschienen bisher in der ARTIC#integer und im Literaturmagazin Glarean. Ihr Gedichtzyklus „Berlin. Eine Reise" wurde vom Düsseldorfer Komponisten Erik Janson für das Trio Femmeux (Flöte, Sopran, Klavier) vertont.
www.sopranora.de

Patricia Malcher (44) lebt mit ihren zwei Kindern und ihrem Mann in einer Kleinstadt im Münsterland. Sie ist Mitglied zweier literarischer Zirkel, nimmt regelmäßig an Literatur-Treffen teil und schreibt Kurzgeschichten sowie literarische Lyrik. Letzte Veröffentlichung: *Kurswechsel*; In: Bibliothek deutschsprachiger Gedichte, Ausgewählte Werke XVI, Realis Verlags-GmbH, Ulm 2013

Manfred Pricha, geb. 1954 in Altötting. Studium der Wirtschafts- und Geschichtswissenschaften in Bochum. Autor, Wissenschaftlicher Dokumentar und Historiker. Lebt und arbeitet in Bochum, schreibt Lyrik und Prosa: zahlreiche Veröffentlichungen in deutschsprachigen Literaturzeitschriften, Anthologien, Literaturkalendern, auf CD und im Internet. Zuletzt im Jahr 2014: Versnetze_sieben. Deutschsprachige Lyrik der Gegenwart, Weilerswist 2014; Driesch 19/2014; etcetera 58/2014.

Markus Schauta (Jahrgang 1976), Journalist und Autor. Schreibt in Wien und auf seinen Reisen in den

Nahen Osten. Seine Reportagen und Kurzgeschichten thematisieren die arabischen Revolutionen und ihre Auswirkungen. Weitere Infos zur Person auf
www.schauta.at

Marlene Schulz, *1961 in Heidelberg Studien des belletristischen und journalistischen Schreibens, fotografiert und schreibt Kurzprosa, Veröffentlichungen in Anthologien und Literaturzeitschriften im deutschsprachigen Raum
www.marleneschulz.info

Suzan Singer-Schulz, *1994 in Frankfurt am Main, angehende Erzieherin mit Spaß an der Fotografie

Cordula Simon, geb. 27.3.1986 in Graz, bis 2011 Studium der deutschen und russischen Philologie in Graz und Odessa und Mitarbeiterin der Jugend-Literatur-Werkstatt Graz. Seither wohnhaft in Odessa. Mitglied der Grazer Literaturgruppe plattform. Preise und Stipendien (Auswahl): 1. Preis beim Zeit-Campus Literaturwettbewerb 2009. manuskripte-Förderpreis 2010. Reise-und Staatstipendium des Bundesministeriums für Unterricht, Kunst und Kultur (bmukk) 2011. Gustav-Regler-Förderpreis des Saarländischen Rundfunks 2011. Startstipendium des bmukk 2012. Rotahorn Literaturförderpreis 2012. Literaturförderungspreis der Stadt Graz 2012. Prämie für gelungenes Debüt des bmukk 2012. Nominiert für den Ingeborg-Bachmann-Preis 2013. Im Herbst 2013 Stipendiatin des Literarischen Colloquiums Berlin. Im Finale für den Alpha-Literaturpreis der Casinos Austria 2013. Lise-Meitner-Literaturpreis 2013.

Alke Stachler, Geboren 1984 in Timișoara/Rumänien, 1990 Übersiedelung nach Deutschland. Studium der Kunstgeschichte, Englischen und Deutschen Literaturwissenschaften in Augsburg, seitdem Tätigkeiten als Autorin und Lektorin. Veröffentlichungen in Literaturmagazinen und Anthologien, zuletzt: Schwabenspiegel (kommend 2014), 500 Gramm (2014), Driesch (2014), Dichtungsring (2014), Dreischneuß (2014), silbende_kunst (2014), Krautgarten (2013), Schwabensiegel (2013), Der Greif (2013). Preisträgerin der Literaturstiftung Bayern 2014.

Annewil Stroo, niederländische Fotografin mit den Schwerpunkten Portrait, Musik und Dokumentation. Sie fotografiert in Film wie auch digital und experimentiert mit selbstgemachten Objektiven. Nach einem mehrjährigen Aufenthalt in Paris (Frankreich), lebt und arbeitet sie zur Zeit in Amsterdam (Niederlande).
www.annewil-stroo.nl

Ulrich Suberg ist ein Künstler, der seine Ausbildung in klassischer Malerei in den Niederlanden, Italien und Schweden absolviert hat. Er ist als Illustrator und Kunstmaler tätig und lebt in Deutschland.

Katharina Wagner hat Kultur- und Sozialanthropologie und Vergleichende Literaturwissenschaften an der Universität Wien und Universidad de Chile studiert, arbeitet als DaF-Trainerin, schreibt und illustriert.

nn-magazin.net

facebook.com/nnmagazin

twitter.com/NN_magazin